요해단충록 8

遼海丹忠錄 卷八

《型世言》의 저자 陸人龍이 지은 時事小說, 청나라의 禁書

요해단충록 8

遼海丹忠錄 卷八

육인룡 원저 · 신해진 역주

보고사
BOGOSA

머리말

이 책은《형세언(型世言)》의 저자로 알려진 육인룡(陸人龍)이 지은 시사소설(時事小說)〈요해단충록(遼海丹忠錄)〉을 처음으로 역주한 것이다. 청(淸)나라 건륭제(乾隆帝) 때 나온〈금서총목(禁書總目)〉에 오른 작품으로서 8권 40회 백화소설이다. 중국과 한국에는 전하지 않고 일본 내각문고에 전하는 것을 1989년 중국 묘장(苗壯) 교수가 발굴하여 교점본을 발간함으로써 학계에 알려졌는바, 그가 소개한 글의 일부를 인용한다.

〈요해단충록〉은 정식 명칭으로〈신전출상통속연의요해단충록(新鐫出像通俗演義遼海丹忠錄)〉이고 8권 40회이다. 표제에는 '평원 고분생 희필(平原孤憤生戲筆)'과 '철애 열장인 우평(鐵崖熱腸人偶評)'이라고 기록되어 있다. 첫머리에 있는 서문에는 '숭정 연간의 단오절에 취오각 주인이 쓰다.'라고 쓰여 있다. 오늘날까지 명나라 숭정 연간의 취오각 간본은 남아있다. 이 책의 작자인 고분생에 관하여 '열장인'과 관련된 동일인임이 명확한데, 곧 육운룡(陸雲龍)의 동생이다. 청나라 건륭 연간에 귀안 요씨가 간행한《금서총목(禁書總目)》에〈요해단충록〉이 수록되어 있는데, 육운룡의 작품이라고 덧붙여 놓았다. 운룡은 취오각의 주인으로 자는 우후(雨侯)이고 명나라 말기의 절강성 전당 사람인데, 일찍이〈위충현소설척간서(魏忠賢小說斥奸書)〉라는 소설을 지었다. 그렇지만 그 책의 서문에 '이는 내 동생의〈단충록〉에서 말미암은 기록이다.'고 분명하게 말한 것은 작자가 운룡이 아니고 그의 동생임을 나타내지만, 이름은 자세히 밝히지 않았다. 그가 지은 소설 작품들을 통해 보건대, 그의 동생은 나라의 정치에 관심이 있어서 때때로 '자기

혼자서 세상에 대해 분개하는' '뜨거운 가슴을 지닌 사람'이라 하겠다. 책에
는 간행한 년월 날짜가 없지만, 서문 말미에 기록된 '숭정 연간 단오절'은
혹시 경오(숭정 3년, 1630)의 잘못일 수도 있고, 아니면 경오년 단오일 수도
있다. 책의 서사가 원숭환이 체포되는 것에서 그쳤는데 그 사건은 3년 3월에
있었던 것이나, 원숭환이 그해 8월에 피살된 것은 언급하지 않고 있으므로
숭정 15년의 임오(1642)일 리가 없기 때문이다.(描壯, 「前言」, 《遼海丹忠錄》
上, 『古本小說集成』72, 上海古籍出版社, 1990, 1면.)

위의 글은 〈요해단충록〉의 서지상태를 비롯해 작자 및 창작연대를
알려주고 있다. 곧 육인룡이 1630년에 지은 것이라 한다.

이 소설은 1589년부터 1630년 봄에 이르기까지 후금(後金)의 흥기
(興起)를 다루면서 사르후 전투, 광녕(廣寧)의 함락, 영원(寧遠)과 금주
(錦州)의 전투 등 중대한 전쟁을 서술하여 당시 요동의 명나라 군인과
백성들이 피투성이가 된 채로 후금군과 분전하는 장면을 재현했을 뿐만
아니라 명나라 말기 군정(軍政)의 부패, 명청 교체기의 변화무쌍한 세
태를 반영하였다. 무엇보다도 가장 중요하게 다룬 것은 모문룡(毛文龍)
의 일생이다. 모문룡은 나라가 위태로운 난리를 당했을 때 황명을 받
들고 후금에게 함락되어 잃은 땅을 수복하고자 하였다. 해상을 경영
하여 후금의 군대를 공격해 견제할 수 있는 중요한 무력의 발판을 마
련했지만, 나중에 원숭환(袁崇煥)에게 유인되어 피살되었다. 이러한
모문룡의 공과에 대해서 명나라 말기부터 시비가 일어 결말이 나지
않고 분분하였는데, 그의 오명을 벗기기 위해 이 소설이 지어졌다고
한다.

한편, 양승민은 그 실상이 알려지지 않은 이 소설을 소개하고자 쓴
글(「〈요해단충록〉을 통해 본 명청교체기의 중국과 조선」, 『고전과 해석』 2, 고
전문학한문학연구학회, 2007)에서 모문룡의 조선 피도(皮島: 椵島) 주둔

당시 정황, 모문룡과 후금의 대결 국면, 조선과 후금의 관계, 모문룡 및 명나라 조정과 조선의 관계, 인조반정으로 대표되는 조선국 정세, 정묘호란 당시의 정황 등이 대거 서술되어 있어 한국의 연구자들이 논의할 필요가 있는 작품이라고 지적한 바 있다. 물론 이 소설은 기본적으로 주인공 모문룡을 미화하고 영웅화하면서 그의 공적을 찬양하여 억울한 죽음을 변호하고자 하는 작가의식을 보여준 것으로, 영웅을 죽인 부패한 명나라 조정을 비판하면서도 강한 반청의식을 드러낸 작품이라는 전제하에 지적한 것이다.

그렇지만 〈요해단충록〉은 8권 40회라는 대작인데다 백화문과 고문이 뒤섞여 있는 등 쉬 접근하기가 어렵다. 후금과 관련된 인명, 지명, 칭호 등이 음차(音借)되어 있어 더욱 그러하다. 그래서인지 몰라도 소개한 지가 10여 년이 지났지만 이 소설에 대하여 아직까지 제대로 된 논문이 나오지 않고 있는 실정이다. 이에 정밀한 주석을 붙이면서 정확한 번역을 한 역주서가 필요한 것임을 절감한다.

이제, 8권 가운데 그 여덟째 권을 상재하는바 나름대로 최선을 다하고자 했지만, 여전히 부족할 터이라 대방가의 질정을 청한다. 다만, 〈요해단충록〉에 대한 정치한 작품론이 치열하게 전개되는 데 이바지하기를 바랄 뿐이다.

끝으로 편집을 맡아 수고해 주신 보고사 가족들의 노고와 따뜻한 마음에 심심한 고마움을 표한다.

2020년 3월 빛고을 용봉골에서
무등산을 바라보며 신해진

차례

머리말 / 5
일러두기 / 10

요해단충록 8

제36회 기이한 이간책으로 골육사이를 멀어지게 하고,
　　　　투항을 권유하여 끝내 복심을 무너뜨리다. … 13

제37회 운송로 변경하고자 동강의 봉쇄를 계획하고,
　　　　군민들 돌보고자 급히 등진을 고소하다. … 26

제38회 쌍도는 충신들이 도륙되어 한이 있고,
　　　　동강은 견제되어 적을 막을 사람이 없다. … 36

제39회 후환이 제거되니 오랑캐가 쳐들어오고,
　　　　대안구 잃으니 현인들이 절의를 지키다. … 48

제40회 독사 원숭환은 돌연히 이전의 전공을 잃었고,
　　　　섬의 병사들은 모문룡이 남긴 공적을 계승하다. … 60

遼海丹忠錄　卷八

第三十六回　奇間欲踈骨肉　招降竟潰腹心 … 75

第三十七回　改運道計鎖東江　軫軍民急控登鎮 … 85

第三十八回　雙島屠忠有恨　東江牽制無人 … 92

第三十九回　後患除醜虜入寇　大安失群賢靖節 … 100

第四十回　　督師頓喪前功　島衆克承遺烈 … 110

찾아보기 / 120

영인자료《遼海丹忠錄》卷八 / 222

역자후기 / 223

▌일러두기

이 책은 다음과 같은 요령으로 엮었다.

1. 번역은 직역을 원칙으로 하되, 가급적 원전의 뜻을 해치지 않는 범위 내에서 호흡을 간결하게 하고, 더러는 의역을 통해 자연스럽게 풀고자 했다.
2. 원문은 저본을 충실히 옮기는 것을 위주로 하였으나, 활자로 옮길 수 없는 古體字는 今體字로 바꾸었다.
3. 원문표기는 띄어쓰기를 하고 句讀를 달되, 그 구두에는 쉼표(,), 마침표(.), 느낌표(!), 의문표(?), 홑따옴표(' '), 겹따옴표(" "), 가운데점(·) 등을 사용했다.
4. 주석은 원문에 번호를 붙이고 하단에 각주함을 원칙으로 했다. 독자들이 사전을 찾지 않고도 읽을 수 있도록 비교적 상세한 註를 달았다. 단, 원저자의 주석은 번역문에 '협주'라고 명기하여 구별하도록 하였다.
5. 주석 작업을 하면서 많은 문헌과 자료들을 참고하였으나 지면관계상 일일이 밝히지 않음을 양해바라며, 관계된 기관과 여러분들께 진심으로 감사드린다.
6. 이 책에 사용한 주요 부호는 다음과 같다.
   1) ( ) : 同音同義 한자를 표기함.
   2) [ ] : 異音同義, 出典, 교정 등을 표기함.
   3) " " : 직접적인 대화를 나타냄.
   4) ' ' : 간단한 인용이나 재인용, 강조나 간접화법을 나타냄.
   5) 〈 〉 : 편명, 작품명, 누락 부분의 보충 등을 나타냄.
   6) 「 」 : 시, 제문, 서간, 관문, 논문명 등을 나타냄.
   7) 《 》 : 문집, 작품집 등을 나타냄.
   8) 『 』 : 단행본, 논문집 등을 나타냄.

역문

요해단충록 8

遼海丹忠錄 卷八

제36회

기이한 이간책으로 골육사이를 멀어지게 하고, 투항을 권유하여 끝내 복심을 무너뜨리다.

奇間欲疎骨肉, 招降竟潰腹心.

최고의 전쟁은 무기를 버리는 것이니 | 上戰詘戈矛
병장기가 흥하면 절로 적국이 된다네. | 戎興自敵國
교묘한 꾀로 그 무리들을 이간질하고 | 巧計離其群
한마디 말로 좌우의 날개를 자르네. | 片言剪乃翼

궤란은 심복들 사이에 달려 있고 | 潰在心腹間
변란은 신변 가까이에서 생긴다네. | 變生肘腋側
가소롭노니 저 용사만 믿는 사람은 | 笑彼恃勇夫
자웅을 다투는 것이 오직 힘에 달렸다고 하네. | 爭強唯在力

    병법에는 간첩을 사용하는 법이 있는데, 그 간첩은 다섯 종류가 있다. 곧 향간(鄕間), 내간(內間), 반간(反間), 사간(死間), 생간(生間)으로, 이들은 적정(敵情)을 정탐하는 자들이다. 내가 생각건대 적을 이간질하는 것으로서 그 간첩은 두 유형이 있으니, 적의 밖에 있는 신하를 과도하지 않게 이간질해서 적의 연합을 깨트리거나, 적의 조정에 있는 신하를 이간질해서 적의 측근을 떨어지게 하는 것이다. 적의 밖을 이간질하여 적의 연합을 깨트리는 것은 예전에 북관(北關: 예허 여진)을 후대하여 단단했던 것처럼, 지금 서로(西虜: 몽골)의 초화(炒花)와 호감

(虎憨: 虎墩兔憨)을 후대하여 정성을 다하면 된다. 적의 안을 이간질하여 그 측근을 떨어뜨려놓는 것은 순무(巡撫) 왕화정(王化貞)이 이전에 이영방(李永芳)을 이간질하였던 것처럼 낭만언(郎萬言)을 이간질하고 합도(哈都: 韃子)를 이간질하면 된다. 적국 안에 또 다른 이간질할 곳이 있는지는 모르겠다. 만약 중국에서 임금을 세우는 법을 말한다면 적자(嫡子)를 세우고, 그렇지 않으면 장자(長子)를 세운다. 그런데 저 오랑캐 습속은 제비뽑기로 뜻밖에 사왕자(四王子)를 세우고 말았다. 대왕자(大王子)·육왕자(六王子)는 평소에 각기 강한 군대를 거느리고 여러 차례나 정벌에 나섰는데, 예전에는 형제의 관계였으나 지금은 군신관계라 해도 다소간의 불평이 있는 것을 피할 수가 없을 것이다. 더구나 적의 내부에서 이영방은 대왕자(大王子)와 친분을 맺었고, 동양성(修養性)은 사왕자(四王子)와 친분을 맺었고, 유애탑(劉愛塔)은 육왕자(六王子)와 친분을 맺었으니, 모두 각자 자기와 친분을 맺은 사람과만 친하게 지냈다. 하물며 이영방이 합적(哈赤)에게 요동사람들을 죽이지 말라고 권한 것 때문에 동양성은 이영방이 중국을 잊지 못하고 있다며 참소하여 거의 죽을 뻔했는데, 대왕자가 강력하게 권하고 이영방의 아내가 애원하며 구원하여 죽음을 모면할 수 있었다. 유애탑이 금주(金州)·복주(復州)·개주(蓋州) 세 주를 가지고 투항하려다가 일이 탄로나자, 동양성이 노아합적(奴兒哈赤: 누르하치)에게 그를 죽이도록 권하였지만 육왕자·이영방의 권고를 받아들여 죽이지 않았다. 이 때문에 두 사람은 모두 동양성과 원수가 되었고, 이영방·유애탑은 모두 같은 패거리가 되었다. 이때에 이르러 사왕자(四王子)가 칸(憨: 추장)이 되자, 동양성은 점점 힘을 얻어 세력이 더욱 이영방·유애탑과 엇비슷해졌다. 이보다 앞서 이영방의 중군(中軍) 철신(鐵信)은 원래 모문룡 장군이 사람을 보내 친분을 맺은 자이며, 유애탑의 형제 유인조(劉仁祚)는 당

시 피도(皮島)로 찾아와서 모문룡 장군을 만나 면사패(免死牌: 면죄부)를 청하여 모문룡 장군이 후하게 대한 적이 있었다. 이 철신(鐵信)과 유인조 두 사람은 원래 모문룡 장군의 세작(細作: 간첩)이자 대와가(大窩家: 범법자나 불법 물품을 은닉해 주는 사람)였다. 그래서 노추(奴酋)가 침입하려고 하자, 이영방(李永芳)과 유애탑(劉愛塔) 두 사람은 끝내 이를 알게 되었지만, 철신과 유인조가 곧장 사람을 시켜 이를 통지함으로써 모문룡 장군이 튼실한 곳은 지키고 허술한 곳은 피하여 여러 차례 공을 세웠다. 그 뒤로 이 두 사람에게 후한 뇌물을 주어 이영방과 유애탑이 귀국하는 것을 권유하도록 하였다. 이영방이 말했다.

"살아서는 역적이라는 이름을 짊어지고, 죽어서는 만이(蠻夷: 오랑캐)의 귀신이 되는 것을 결코 원치 않는다. 그러나 우리 둘은 이곳에서는 오랑캐의 대장(大將)이지만 중국에 있게 되면 일개 역적에 불과한데, 중국이 우리들에게 무엇을 요구할 수 있단 말인가. 만일 우리가 항복하여 세력을 잃게 된다면, 중국은 우리를 죽이려거나 가두려고 할 것이니, 모문룡 장군도 역시 따를 것이다. 다만 모문룡 장군이 우리를 위해 죽음을 면케 하는 한 통의 성지(聖旨)를 받음으로써만이, 우리가 비로소 감히 마음을 놓고서 오랑캐를 버리고 귀국할 수 있을 것이다."

모문룡 장군이 사람을 보내어 다시 말했다.

"그대가 오랑캐를 내팽개치고 항복할 수 있다면 사악함을 몰아내어 바른 길을 회복하는 것인데 어찌 그대를 해치려는 뜻이 있을 것이며, 그대를 해치는 것은 항복의 문으로 오는 길을 끊는 것이다. 만약 죽음을 면케 하는 성지(聖旨)를 요청하여 표장(表章: 上奏書)에 한번이라도 드러내면, 노추(奴酋)의 간교한 첩자들이 북경에 가득하여 환히 알게 될 것이니 어찌 그대에게 해가 되지 않겠는가!"

이영방(李永芳)과 유애탑(劉愛塔) 두 사람은 감히 믿을 수도 없고 거절

할 수도 없어서 당시 자세히 살펴보며 편지를 주고받았다. 이때에 이르러 모문룡 장군은 몰래 사람을 보내 이영방과 유애탑 두 사람의 말에 답을 하고, 그들로 하여금 대왕자(大王子)·육왕자(六王子)에게 중국과 내통하도록 권유하여 건주(建州)를 분립시켜 이 두 사람을 왕으로 삼을 수 있도록 한다면, 이처럼 절개가 있는 일을 그대들 두 사람(이영방과 유애탑)이 귀국하는 데에 뛰어난 공으로 삼을 것이라고 하였다.

> 장차 칼날 같은 혓바닥에 의지하려 하니 　　　　　　憑將如劍舌
> 꽃과 뿌리마저도 갈라 뿌려지네. 　　　　　　　　劈碎並根花

　이 일을 빈틈없이 쓴 뒤 밀랍으로 뭉쳐 만든 환(丸) 속에 넣고서 봉하여 사람을 시켜 철신(鐵信)·유인조(劉仁祚)에게 후히 금은(金銀)을 가져가서 그 두 사람(이영방과 유애탑)에게 선물하며 틈을 타 편지를 주도록 하였다. 유애탑과 이영방 두 사람은 답신을 하지 않고서 다만 기회가 있을 때를 기다리면 우리에게 절로 보고하러 오는 사람이 있을 것이라고 말할 뿐이었다. 두 사람이 모두 주의 깊게 신경을 썼으니, 마침 대왕자(大王子)·육왕자(六王子) 두 사람이 철산(鐵山)과 운종도(雲從島)를 침범했을 때에 모문룡 장군이 압록강(鴨綠江)·오룡강(烏龍江: 五龍江의 오기)의 얼음들을 깨부수고 배들을 묶어두고 그들을 돌아갈 수 없도록 하였다. 그리고 이쪽의 사왕자(四王子)도 마음을 졸이며 가서 구원하려 했지만 강을 건널 수가 없었다. 결국 몇 시간 지체되기는 하였으나 조선의 배 몇 척을 노획한 뒤에서야 요양(遼陽)으로 돌아올 수 있었다. 이영방과 유애탑이 그들에게 가서 축하하며 말했다.
　"다행히 하늘이 도와준 덕분에 집으로 돌아올 수 있었습니다. 왕자들께서는 위험을 무릅쓰고서 원정을 나가 금과 비단을 갖고 돌아온들 사왕자(四王子)에게 나누어 주기 마련인데, 만일 한 번 어그러지고 두 번 틀어지기라도 하면 어찌 두 왕자께서 책임을 질 일이 아니겠습니까? 지금부터 출정하시는 것은 화를 자초할 뿐 공을 세울 수 없는 사업일 것입니다."

두 왕자는 사왕자가 구원병을 보내지 않은 것에 화를 내기도 하고, 자신들이 조선에서 싸우다가 모문룡 장군의 병마로부터 요격을 받아 약간 깜짝 놀라기도 하였으니, 이들 역시 마음이 동요되지 않을 수 없었다. 뒤에 사왕자가 영원(寧遠)을 침략할 때 이들 역시 병마를 이동시킬 수밖에 없었는데, 첫 전투에서 병마를 되돌려 잠시 쉬도록 했다. 이런 까닭으로 사왕자(四王子) 부자의 군대가 돌격해 왔는데도 두 왕자는 지원하러 오지 않았다. 이영방(李永芳)과 유애탑(劉愛塔)은 자주 기회를 틈타 그들의 마음을 움직였기 때문에 더 설득할 필요가 없었던 것이다. 사왕자가 영원(寧遠)과 금주(錦州)에서 승리하지 못했을 뿐만 아니라 오히려 두 아들, 4개의 고산(孤山: 固山의 오기), 30여 개의 우록(牛鹿)을 잃었다는 말을 듣고는, 이영방이 대왕자(大王子)에게 말했다.

"당시 노감(老憨)께서 건주(建州)에 계실 때는 늘상 편안하고 한가로웠고 뒤에 요동(遼東)을 차지하여 가산(家産)이 커지고부터 여러 왕자들의 거처가 될 수 있었습니다. 그러나 군대를 출동시키는 것이 멎지 않아서, 모문룡 장군이 우리의 본영을 공격하도록 하여 이리저리 뛰어다니시다가 병사하셨습니다. 지금 원숭환(袁崇煥)이 화친을 맺기 위해 사람을 보내왔는데, 이 기회에 편승하여 그와 삼차하(三岔河)를 나누어 경계로 삼으면 군대를 거두어들여 가산(家産)을 지킬 수 있습니다. 그런데 왕자에게 군대를 일으켜 철산(鐵山)으로 가도록 요구하여 거의 왕자를 오룡강(烏龍江: 五龍江의 오기) 밖으로 보내놓고 도리어 또 조선(朝鮮)과 바다 보다 깊은 원한을 맺게 하였으니, 이는 쌍방이 원수가 되도록 한 것입니다. 그런데 또 가서 원숭환(袁崇煥)을 건드려 이번에는 군량을 모으고 군대를 일으켜 세 방면에서 일제히 쳐들어 왔으니 또한 이해관계가 있어 어찌 편하고 좋을 대로 손을 떼거나 손을 떼지 않을 수 있겠습니까? 지금부터 이후로는 왕자께서는 다만 가만히 앉아 가산(家産)을 보전하는 것이 좋을 듯합니다."

두 사람은 비록 그에게 건주(建州)를 떼어주고자 하였지만, 감히 이곳 건주를 똑같이 나누어서 떼어준다는 말을 그와 함께 말할 수 없었다.

마침 대왕자(大王子)·육왕자(六王子)의 하인 6명이 모문룡 장군에게 끌려가서 이미 압송되었는데, 모문룡 장군이 그들을 긴요하게 써야겠다는 생각을 하고서 사람을 시켜 그들에게 후한 포상을 내리며 편지 1통을 주었으니 두 왕자에게 전달하도록 한 것이었다. 그 편지의 대략적 뜻은 요양(遼陽)을 돌려주고 건주(建州)로 되돌아가면 건주 지방을 둘로 나누어 관장하게 하고, 그날로 도독(都督)이라는 직함까지 주어 잘 지내며 조공(朝貢)하는 것도 허락하리니, 역적에 편들어 스스로 도륙당하지 않도록 하라는 것이었다. 사왕자(四王子)가 금녕(金寧: 금주와 영원)에 있을 때를 틈타 그들을 시켜 두 왕자에게 편지를 보낸 것이다. 왕자들이 한자를 알지 못하여 이영방(李永芳)에게 풀어서 설명해달라고 청하자, 이영방이 설명하였다. 대왕자가 말했다.

"이 일을 어떻게 처리해야겠소?"

이영방이 말했다.

"요양(遼陽)을 논의하기로 하면 얻는 것은 몹시 힘들겠지만, 어찌 돌려주어야 할 이치가 있겠습니까? 다만 요양 일대에서 금과 비단, 부녀자들은 왕자께 돌아가고 가난한 백성 가운데 남은 몇 명이 모문룡에게 돌아갈 것인데다 한 조각의 황무지는 그에게 쓸모가 없습니다. 게다가 그것도 사왕자(四王子)에게 속하여 왕자들과 아무런 관계가 없

고, 사왕자가 칸[憨: 왕]이 되기라도 하면 왕자들은 그저 신하일 뿐입
니다. 차라리 모문룡을 따라 예전처럼 도독(都督)이 되어 신하로서 천
조(天朝: 명나라)에 복종하며 건주(建州)를 지키고 요양(遼陽)을 버리고
서 모문룡(毛文龍)·원숭환(袁崇煥)이 자연이 사왕자와 싸우는 대로 내
버려두면 우리는 도리어 훗날에 바로 이런 무상(撫賞: 명나라의 사례)을
받을 것이니, 또 군사를 일으켜 백성을 동원하는 것을 줄이는 것도 하
나의 방책일 것입니다. 다만 왕자들은 형제이니, 어떻게 가만히 앉아
서 지켜보며 그들이 싸우도록 그냥 내버려둘 리가 있겠습니까?"

대왕자(大王子)가 말했다.

"그가 우리를 조선(朝鮮)에 내팽개쳐두고 온 것을 참고 있다. 하물며
나는 그의 연장자인데 어찌 그의 부하가 될 수 있단 말인가?"

이영방(李永芳)이 말했다.

"왕자께서는 육왕자(六王子)와 상의하십시오."

두 사람이 서로 의논하며 또 유애탑(劉愛塔)이 육왕자 앞에서 부추기
는 것을 당해내지 못하자, 두 사람은 바로 이영방과 유애탑에게 회답
하라고 하였다. 이영방과 유애탑 두 사람은 사양하는 척하며 감히 모
문룡과 통할 수 없다고 하니, 두 왕자는 마지못해 겨우 응하였다.

두 왕자의 답서가 도착하였는데, 모문룡 장군이 요양에 대한 양보
를 원한다고 하였으니 모문룡 장군이 군사를 일으켜 직접 사왕자(四王
子)에게서 취하더라도 구원하러 오지 말라는 것을 받아들이며, 그들
은 스스로 건주(建州)로 되돌아가 예전처럼 도독(都督)이 되어 조공(朝
貢)을 바치고 상을 받겠다고 하였다. 모문룡 장군이 또 편지를 써서
말했다.

"만약 군대만 철수하고 구원하지 않는다면 조정이 어떻게 관직에
복귀시키려 하겠는가, 반드시 내응(內應)을 하여 사왕자(四王子)를 제

거해야 비로소 가능할 것이오."

두 왕자는 또 이영방(李永芳)·유애탑(劉愛塔)과 상의한 뒤, 모문룡 장
군에게 주저하지 말고 병마(兵馬)를 정돈하여 힘을 다해 가서 사왕자
를 죽여 달라고 하였다. 그리고 그 두 왕자는 스스로 먼저 물러나 노채
(老寨: 본거지)로 돌아갔다. 그러나 모문룡 장군은 세력이 미약해서 끝
내 사왕자의 상대가 되지 못했다. 여전히 이영방과 유애탑 두 사람이
남아 있었는데, 각기 한 부대씩 통솔하여 그를 돕겠다고 큰소리치며
기회를 엿보아 대처하려 하였다. 그러나 모문룡 장군이 유애탑·이영
방은 진심으로 투항하고자 한다고 믿었지만, 두 왕자는 변심할까 걱
정하였다. 더구나 사왕자를 정벌하려면 대군(大軍)을 필요로 하였지
만, 성상(聖上: 崇禎帝 毅宗)이 처음 즉위하여 진신(鎭臣)들을 원위치로
되돌아가게 하니 짧은 시간에 대응하지 못하고 협력할 수 있기만을
바랐다. 게다가 염 총독(閻總督: 閻鳴泰)과 왕 독사(王督師: 王之臣) 모두
죄인으로 탄핵을 받아 아무 일도 맡지 못하였기 때문에 줄곧 원숭환
(袁崇煥) 독사가 돌아오기를 기다렸는데, 원숭환은 5년 안에 오랑캐를
멸하겠다고 자임하였다. 성상(聖上)이 또 군량과 군수물자를 지원하기
로 허락하였으니, 이것은 일을 할 때마다 그들과 상의하여 양 방면에
서 군대를 출동시켜 함께 이 일을 이루도록 고려한 것이었지만, 일이
공교롭게도 이영방이 일찍 병들어 죽고 말았다.

살아서는 이역 땅의 사람이요	生爲異域人
죽어서는 이역 땅의 귀신이 되었네.	死作異域鬼
마음이 있다한들 누구와 터놓으랴	有心誰與明
역사에 단지 더러운 이름만 남겼네.	青史只遺穢

이영방(李永芳)에 대해, 사람들은 대부분 그가 중국에 마음이 있었으므로 과거에 요동(遼東) 사람들 옆에서 몸을 보전하면서도 그들이 중국을 침입하는 것을 막은 적이 있었으며, 스스로 돌아와 귀순하기를 원했다고 전한다. 또 죄가 깊었기 때문에 스스로 함정에 빠질까 두려워하여 끝내 오랑캐 땅에서 가슴에 응어리 맺힌 채로 죽었으니, 세상에서는 또한 이릉(李陵)·위율(衛律)과 같다고 여겼다. 이것은 사람이 한번 부주의하게 생각하면 일생 동안 부끄러움을 안은 채 천고에 오명을 남기게 하는 것을 알 수 있다.

이영방이 죽어 대왕자(大王子)는 그곳에서 도움을 받지 못했으며, 유애탑(劉愛塔) 역시 작은 성곽만을 내면서 이 국면을 늦출 뿐이었다. 이와 같이 미적거리다가 겨울이 되자, 모문룡 장군은 불시에 사람을 철신(鐵信)·유인조(劉仁祚)의 집에 보내와서 소식을 탐지하였다. 이날 철신은 이웃 사람인 합미(哈迷)와 서로 다투었기 때문에, 합미가 철신의 집에서 항상 숨어 왕래하는 요동의 백성이 있는 것을 발견하고서 모문룡 장군의 세작(細作: 간첩)이 숨어 있음을 고하자, 사왕자(四王子)가 대노하여 결국 병마(兵馬)를 몰고 와서 철신의 일가와 모문룡 장군의 두 심부름꾼을 모두 죽였다. 하지만 철신을 심문하여 진술을 받아내려 한 적이 없었고 그의 어떤 편지도 수색한 적이 없었으며, 그의 가산(家産)도 모두 여러 달자(韃子)들에 의해 약탈되어 흩어져서 흔적조차 없어졌기 때문에, 두 왕자와 연결하려던 일은 모두 노출되지 않았다. 다만 유애탑은 간담이 서늘하였는지라 형제들이 요동의 백성들을 숨겨두는 사고를 저지를까 두려워 황망히 편지를 써서 모문룡 장군에게 약속하며 귀국하기를 원한다면서 군대의 지원을 바랐다. 모문룡 장군은 그를 만류하여 이번 일에 내응(內應)하기를 원했다. 그는 금주(金州) 당시처럼 남들에 의해 선봉대가 될까 두려워하면서 지원하러 와야 한다고 고집스레 말했다.

"만약 군사를 일으켜 요양(遼陽)을 회복하려고 한다면 내가 선봉이 되겠습니다. 그러면 자연히 대왕자(大王子)·육왕자(六王子)는 군사를 물릴 것이고 결코 나의 군대와 대적하는 일은 발생하지 않을 것이며 오히려 나의 성공을 도울 것입니다."

모문룡 장군은 응하지 아니할 수 없어 진계성(陳繼盛)을 보내 진강(鎭江)에 머물며 지원토록 하고 또 수군을 강어귀에 배치하여 그를 건너도록 하였으며 또 길가의 보(堡)를 지키는 여러 장수들에게 지시하여 그를 적병들이 추격하지 못하도록 막고 출동한 군대가 막혀 죽는 경우를 대비하도록 하였다. 저쪽에서는 유애탑(劉愛塔)이 형제들에게 일이백 필의 좋은 말을 고르도록 하고 몰래 가족들을 수레에 태워 바로 요양(遼陽)에서 달아나 청석령(靑石嶺)을 거쳐 첨수참(甜水站)을 향해 투항하러 오는 중이었다. 그러나 사람들은 유애탑이 심부름꾼을 보내지 않고 제멋대로 성 밖으로 나가는데다 또 처자식들이 말에 타고 있는 것을 보고서 모두 그를 의심하여 사왕자(四王子)에게 와서 보고하였다. 사왕자는 사람을 시켜 그가 살던 곳을 살펴보도록 하니, 과연 그가 도망치고 아무 것도 없었다. 사왕자가 대노하여 우록(牛鹿: 遊擊將) 1명을 불러 정예병 3천 명을 주고 유애탑을 뒤쫓도록 하면서 말했다.

"만약 그를 뒤쫓지 못하면 네 머리를 베고서 나를 뵈어야 할 것이다."

그 우록(牛鹿)은 명령을 받고 3천 명의 인마(人馬)를 데리고 즉시 출동하였다. 그러나 우록(牛鹿)이 조사를 반복하는 사이에 유애탑(劉愛塔)은 이미 하루거리만큼 떨어졌고 게다가 유애탑이 고른 말들은 좋은 말들로 또한 사왕자(四王子)가 추격하는 것을 대비하였으니 길을 급히 서둘러 이미 진강(鎭江)에 도착하였다. 진계성(陳繼盛)이 가까이에 머물러 있다가 그를 호송하여 배에 태우고 강을 건너와 줄곧 말을 쉬지 않고 모문룡 장군의 대채(大寨: 본영)로 달려왔다. 모문룡 장군도 직접 대군을 거느리고 군대의 위용을 매우 정연하게 정렬해 항복을 받으러 나왔다. 유애탑이 이를 보고 급히 말에서 내려 절을 하며 말했다.

"흥조(興祚: 유애탑의 개명)가 천조(天朝)에 죄를 지었는데도 모두 도독(都督)의 덕분에 온전히 목숨이 붙어 있습니다."

모문룡 장군은 말에서 내려 급히 부축해 일으켜 세우며 말했다.

"그대가 중국을 잊지 않고 귀순하려는 속마음을 털어놓으니 감히 진심으로 대우하지 않을 수 있으랴, 함께 큰 공을 세우세!"

곧바로 집을 그에게 떼어주어 거주하도록 하고 쌀과 곡식, 금과 비단 등을 보냈는데, 그를 유격(遊擊)에 공문으로 제수하면서 그대로 이름을 유흥조(劉興祚)라고 하였다. 동생인 유인조(劉仁祚)도 공문으로 수비(守備)에 제수하고 단신으로 투항오랑캐를 관리하면서 오랑캐병사들을 훈련시켜 옳은 일을 위하여 용감히 싸우게 하였다.

잠깐 사이에 오랑캐 땅을 벗어나	乍脫羶裘域
도로 상장군의 단상에 오르네.	還登上將壇
성상의 은혜에 어찌 보답하랴만	主恩何以報
누란왕을 베어 죽이기를 원하네.	願爲斬樓蘭

저쪽에서는 그 우록(牛鹿)이 한편으로 밤낮을 가리지 않고 뒤쫓아오면서 유애탑(劉愛塔) 형제를 붙잡지 못한 것은 말할 필요가 없었고, 이미 그의 가정(家丁) 한 명도 붙잡지 못하였다. 어쩔 수 없이 3천 명의 철기(鐵騎)를 거느리고 줄곧 뒤쫓았는데, 길을 따라 소란을 피우면서 유애탑을 찾으며 곧장 철산(鐵山)으로 내달렸다. 이곳 철산에서는 철산 수관도사(守關都司) 모영조(毛永祚)가 일찌감치 미리 대비하고 있다가 우록의 철기가 관문 아래에 도달했을 때에 한바탕 총포를 쏘아 먼

저 그들에게 본때를 보여준 뒤 그대로 병사들을 독촉해 쇄도하여 달자(韃子)들을 공격하자 그들은 필사적으로 달아났다. 그런데 또 도중에 뜻하지 않게 출동한 군사들을 마주쳤는데, 군사가 적으면 단지 허세를 부려 그들을 놀라게 하고 군사가 많으면 군대를 출동시켜 길을 막고 쫓아가 공격하였다. 이 우록(牛鹿)은 유애탑을 며칠째 뒤쫓다가 인마(人馬)가 모두 지쳤는데, 유애탑을 잡지 못했을 뿐만 아니라 도리어 허다한 인마들만 손실을 입었다. 모문룡 장군은 절로 유흥조(劉興祚) 형제를 얻게 되어 오랑캐의 허실을 때때로 그들에게 물었는데, 그들 형제 사이에 서로 돌보아주려는 뜻이 있지 않은 것을 알고는 요양(遼陽) 회복하는 것을 손바닥 안의 일로 여기게 되었다. 오랑캐 안에서는 유흥조가 없어졌을 뿐만 아니라 다시 한 명의 장관(將官: 장수)을 잃은 것이었다. 모문룡 장군은 이 한 번의 이간책으로 저 골육(骨肉: 대왕자와 육왕자)을 설득하여 떨어뜨리고 다시 또 그 보좌하는 사람을 계책으로 빼앗았으니 기이한 이간책이라고 할만하다.

관새(關塞)에서 합라(哈喇)의 사자(使者)는 다만 기회를 엿보았다고 말할 수 있을지언정 이간시켰다고 말할 수는 없을 것이니, 이간책이 먹혀들 수 없었기 때문이다. 이것은 유애탑과 이영방(李永芳)이 간자(間者)가 되어 내부에서 이간책이 크게 성공할 수 있는 기회가 있었지만 애석하게도 뜻대로 이루지 못했던 것이라 하겠다. 생각건대 하늘은 쇠잔한 오랑캐를 쓸어 없애려고 하지 않는 것이런가.

논설하는 자가 말했다.

"모문룡 장군은 이간책을 독사(督師: 원숭환)와 상의하여 함께 공을 세우고자 하였으나 독사는 도리어 그 공적을 자신의 것으로 독차지하려 하였으니, 오랑캐와 도모하는 틈을 타서 모문룡 장군을 죽이려고 하였다."

아! 이간책을 쓰려던 자가 도리어 이간책에 당한 것이로구나.

제37회

운송로 변경하고자 동강의 봉쇄를 계획하고,
군민들 돌보고자 급히 등진을 고소하다.
改運道計鎖東江, 軫軍民急控登鎮.

무기가 없으면 무엇으로 공격하고 | 不械何攻
군량이 아니면 무엇을 먹으랴 | 非糧何食
영웅이 손 묶였으니 응당 계책 없으리라. | 英雄束手應無策
연연산에 이름 새긴다는 헛된 생각 말지니 | 休言空想勒燕然
군량 보급되지 않으면 삼군도 눈물 면키 어렵네. | 脫巾難免三軍泣

징수하느라 죄다 기름을 짜내고 | 征取窮膏
보내느라 죄다 있는 힘을 쏟으니 | 轉輸窮力
중원이 피폐하여 되레 더욱 측은하네. | 中原疲敝還堪惻
한 척의 배마저 금지해 내왕하지 못하니 | 一航禁却不教通
산과 바다 험한 길 다니느라 쉴 사이 없네. | 間關山海無休息

또,

빛나는 비늘갑옷 가슴에 걸치고 | 鱗甲蟠胸
세상에 대한 식견 가득하여 | 雌黃滿臆
같은 배 탔는데도 불쌍히 여겨 도울 줄 모르네. | 同舟不解相憐恤
책략으로 방자히 동강 봉쇄한다고 하니 | 奇籌浪謂鎖東江
고립된 몸으로 우익의 충심 어찌 거절하랴. | 自孤羽翼衷何懘

촘촘한 그물을 몰래 펼쳐놓고서 | 密網潛張
가벼운 활시위에 화살 은밀히 걸고 | 輕弦暗弋
해치려는 마음 은은하여 알기가 어렵네. | 殺機隱隱人難測
살아있는 동안 사소한 원한 풀면 기쁠지나 | 生平睚眥皆喜消除
짧은 꾀로 끝내 어찌 나라를 해롭게 하랴. | 短謀終是能妨國

　　이상의 곡조는 《답사행(踏莎行)》이다.

　　동강(東江)의 군비는 모문룡 장군의 상소에 의하면, 8년 동안 본색(本色: 조세로서 납부하는 물품)으로 120만 8천을, 절색(折色: 물품으로 납부하는 조세를 환산한 돈)으로 140만 1천 300을 실제로 거두어들였는데, 매년 본색 15만과 절색 17만 5천 남짓을 썼으니 매년 총비용이 32만 5천 남짓이었다. 내륙으로 말하자면, 각 병사는 매일 군비 3푼[分]으로 해마다 필시 10냥(兩) 8전(錢)일 것이니 1만 명당 은(銀) 10만 8천이다. 동강에서 1년 동안 거두어들인 것으로 계산하면 역시 3만 명의 병사들을 먹일 수 있는 것에 불과하다. 만약 해외(海外: 동강)의 쌀과 면포의 가격이 내륙보다 높다면 군비는 응당 늘어날 것이니, 3만 명에게는 더욱 부족할 것이다. 그리고 참장(參將)·유격(遊擊)·수비(守備)에게 지급되는 식량은 모두 나올 길이 없으니, 참으로 병부(兵部)의 이른바 "공문서의 이름뿐인 직함에 불과하여 결코 나라의 식량을 입에 대지 못한다."는 것이다. 더구나 객상(客商)과 상대해 값을 치러주려 하지만 객상은 이익이 없으면 찾아오지 않아 아무리 해도 열 가운데 팔도 얻지 못하고, 경성(京省: 북경성)에서 군량을 보내지만 노역이 끝나면 도둑질하는 자도 있고 일찍이 기회를 틈타 경성에서 제멋대로 포장한 군량을 열거나 도용하는 원역(員役: 구실아치)을 두기도 하니, 이 때문에 곧바로 군량이 넉넉하지 못하였다. 다행히 섬에는 둔전(屯田)이 있었지만, 등주(登州)와 내주(萊州)는 상인들이 그를 돕기 위해 미치지 못하였다. 또한 모문룡 장군의 은혜가 족히 남을 감동시킬 만하고 위엄이 남을 복종시킬 만하다는 것을 믿었기 때문에, 굶어죽은 사람이 있어도 노략질하는 광경이 없었던 것은 이러한 믿음이 변치 않은 까닭이다. 그렇지 않으면, 원숭환(袁崇煥) 독사(督師)가 산해관(山海關)을 나가려 했을 때 영원(寧遠)에 군량이 계속 지원되지 않자 〈군사들이〉 필자숙(畢自肅) 순무(巡撫)를 죽였고 주매(朱梅) 총병(總兵)을 결박했는데, 만일 원숭환(袁崇煥) 독사가 빨리 산해관(山海關)을 나가 위무하고 안정시키는 것이 아니었다면 영원의 투항 오랑캐를 거느리지 못했을 것이다. 심지어 무기에 대해서는 격언에 이르기를, "무기가 잘 손질되어 있지 않으면 그 병사를 인솔하여 적에게 주는 것이다."고 하였으니, 무기는 더욱 더 부족해서는 안 되는 것이다.

뜻밖에 원숭환 독사는 관상(關上: 산해관)에 도착하여 반년이 된 정월 사이에 권력을 집중하려고 하는지도 모르고 모문룡 장군을 일부러 난처하게 하는지도 모르면서 줄곧 동강(東江)의 군비와 무기들을 모두 바다를 통해 운송하였다. 만약 바다를 통한 운송이 풍랑에 위험하다고 말한다면 각화도(覺華島)에서 여러 섬까지도 풍랑은 있으며, 만약 낭비하지 않고 힘들이지 않겠다고 말한다면 등래(登萊)에서 장산도(長山島)나 피도(皮島)까지 모두가 바다 가운데에 있다. 만약 관상(關上)을 경유하겠다면 노새와 낙타가 끄는 수레를 통한 운송을 면할 수 없을 것이고, 만약 그대로 물을 경유하겠다면 등래에서 여러 섬까지 같은 강물의 길이다. 만약 각화도에 들어가려면 이미 등래에서 북쪽으로 향했다가 각화도로 들어가니, 다시금 각화도 남쪽에서 동쪽으로 돌아갔다가 각 섬으로 들어가야 할 때는 비용이 어느 정도 들고 길이 굽어 돌아가야 하는 데다 여기에 또 낙타에 물건을 실어 주고받아야 해서 더욱 축남이 많아진다. 금해령(禁海令)으로 상인들이 불법적으로 배 띄우는 것을 불허하여 장사꾼이 오지 않게 되면, 사졸이나 요동 백성들에게 있는 인삼이나 담비는 그들에게 맡겨도 쓸모없고 옷감과 곡식은 그 가격이 반드시 뛰어오를 것이니, 얻게 되는 군량은 더욱 부족하게 될 것이다. 이 의론이 결국에 요동(遼東)의 백성과 병사들을 몰아내

어 나약한 자는 헐벗고 굶주리며 곤궁해져 개천과 구덩이에 뒹굴 것이
고, 요동(遼東)의 백성과 병사들을 몰아내어 용맹스러운 자는 도망해
배반하여 노추(奴酋: 홍타이지)에게 귀순하도록 하는 것이다. 만일 간첩
을 방비한다고 말하면서 간첩을 잘 방비하면 해금령(海禁令)을 풀어도
무방할 것이나, 만일 간첩을 잘 방비하지 못하면서 산해관(山海關)을
매우 상세히 감시하고 사찰한다고 말하면 그 나머지 희봉구(喜峯口)와
일편석(一片石) 어느 곳인들 간첩들이 드나드는 구역이 아니겠는가!

그러나 그의 이 길을 끊으려는 것은 분명히 그의 소식을 중국과 서
로 전하지 않게 하려는 것이고, 그가 등래(登萊)의 무원(撫院)과 팔이
손가락을 부리는 듯한 형세가 되지 않게 하려는 것이지만, 그로 하여
금 자신을 얻어먹는다고 여기게 하려는 것은 섬에서 거둔 공을 모두
관새(關塞: 산해관)의 공으로 돌리고, 하나의 구역으로 만들어 동강(東
江)의 공을 줄이고자 하는 까닭으로 동강의 식량과 병기 모두를 관문
(關門)에서 발송해야 하는데 여전히 엄한 해금령(海禁令)으로 통상을 허
용하지 않고 있었다. 황제의 명을 받드니 이러하였다.

"모문룡의 고립된 군대가 바다 밖에서 고생을 견디고 있는데도 지
원이 되지 않고 있으니, 경(卿)이 계획을 잘 도모하고 마음을 가다듬어
오랑캐를 멸하되 이제부터 돌보며 한 발짝 한 발짝 동쪽으로 향하고
모문룡은 호응하여 한 발짝 한 발짝 서쪽으로 향하라. 진취적이며 법
도에 맞게 행하고 얼굴 마주하여 상의하면 과연 확실히 결정적 승부수
가 있을 것이니, 짐(朕)이 어찌 백만 군량 주기를 어려워하겠는가. 모
문룡은 다만 실제적인 효과를 도모할 뿐 근거 없이 떠도는 말을 상관
하지 말고, 경(卿)도 역시 성의를 다하여 함께 도와서 성공한 업적을
거두도록 힘쓰라. 등래(登萊)의 무원(撫院)에서는 해금령(海禁令)을 더
욱더 엄하게 하고 향사(餉司)를 설치하여 각지로 운송하라. 해당 부서

(部署)는 속히 행하되 적절히 처리하고 다시 보고하라."

즉시 부서의 복주(覆奏)를 거쳐 동강(東江)의 군비와 군수품은 모두 관문(關門: 산해관)에서 발송하도록 하고, 등래(登萊)의 여러 상인들은 바다에 들어가지 못하게 한 뒤, 각 섬에 관리를 파견하여 모두 관문을 경유토록 하고 마음대로 등래에 들어가지 못하게 하였다.

제지에서 유관까지 갈 길 멀고머나	齊地楡關道路遙
뱃놀이 물리고 다투어 수레 끌어가네.	却閑畵舫爭征軺
군민들이 배고프단 말 시름 간절하니	軍民枵腹言愁切
무슨 일로 사소한 원한도 사라지지 않네.	何事睚眥未肯消

이때 한편으로 성지(聖旨: 황제의 명)가 내려지면서 사람들이 이미 등래(登萊)에 알려왔는데, 등래의 수순도(守巡道)가 바다 어귀에 모두 금패(禁牌: 看守)를 엄히 세우니, 이들 상인들은 자연히 성에 가지 못하게 되었지만 섬에는 점점 통하지 않는 곳이 없어졌다. 속담에 이르기를, "차라리 있는 것을 없게 할 수 있을지언정 없는 것을 있게 할 수는 없다."고 하였듯이, 각 섬은 스스로 물품을 거래하여 점점 넉넉해졌다. 이쯤 되자 불안하지 않을 수 없었다. 게다가 또 군량과 병기를 다시 운송하여 관문(關門: 산해관)에서 넘겨준다는 소식이 들려왔는데, 길이 구불구불하고 멀어서 시일이 지연되면 군량과 병기를 공급받지 못할까 두려워하여, 일제히 청원하는 문서가 모문룡 장군의 막부에 도착하였다. 모문룡 장군도 그곳에서 이 일을 생각하며 말했다.

"상인이 다니지 못하면 더욱 등래(登萊)에서 때맞춰 발송하는 것에 의지해야 하고, 군량이 부족하면 객상(客商)에게 잠시 빌려야 하는 것에 의지해야 한다. 그런데 이제 양식은 운반하는 길을 바꿨고 상인은 다니지 못하니 어찌 가만히 앉아서 죽지 않겠는가. 만약 내가 오늘 처리하지 않는다면 반드시 군민(軍民)으로 하여금 곤궁하고 굶주려서 죽기에 이르게 할 것이니, 이는 백성을 그르치는 것이다. 만약 민심이 몹시 나빠 혹여 변고라도 생기면 결국에는 나랏일을 더욱 그르치게 될 것이다."

각 섬의 인심이 어수선한데 그들에게 이전대로 제본(題本: 上奏文)을 갖추라고 하자, 그들이 독사(督師: 원숭환)에게 어쩔 수 없이 공문을 보내어 자세히 말하기를, 등래(登萊)에서 실어 보내면 상인들이 오가며 이익에 이르지만 관문(關門: 산해관)에서 발송하면 길이 꼬불꼬불하고 멀어 반드시 백성들을 고달프게 하며 재물을 허비하는데 이르고 시일이 오래 지체될 것이라고 하였다. 또 제본을 갖추어 청하기를, 성지(聖旨: 황제의 명)가 아직 내려지지 않았는데도 섬들에 기어코 찾아와서 양식과 마초를 재촉해 빼앗고 병장기를 재촉해 빼앗는 것이 달마다 없는 날이 없었다고 하면서, 요동(遼東)의 백성들은 먹을 것이 부족하여 모두 모문룡 장군에게 울부짖으며 고소하였다. 모문룡 장군은 이번에는 진심으로 정말 참을 수 없었기 때문에 말했다.

"이처럼 모문룡이 공적이 없어 성상(聖上)께 죄를 짓고, 만일 강직하여 당사자에게 노여움을 샀다면 모문룡 한 사람만 죽이는 것으로 족할 텐데 어찌 병사와 백성들을 고생시킨단 말인가."

이에 눈물을 흘리며 생각하였다.

'내가 지금 독사(督師: 원숭환)에게 가서 부탁한들 그가 잠깐의 생각으로 어찌 스스로 저지른 일을 스스로 해결할 까닭이 있으랴, 차라리 다시금 등래(登萊)에 가서 수순도(守巡道)를 알현하고 첫째로 그에게 해묵은 군량과 마초를 재촉하여 현재 모자란 것을 채우면서, 둘째로 그에게 관문(關門)에서의 운송이 매우 불편하다는 것을 자세히 설명하여 그에게 대신 제본(題本)토록 하는 것도 하나의 방책일 것이다.'

인하여 10호 대해선(大海船)을 거느리고 곧바로 등래(登萊)를 향하여 출발해 하루도 되지 않아서 황성도(皇城島)에 도착하였다.

군사 백성들 깊이 돌보아달라는 소리를 삼키려니	軫念軍民聲欲吞
바다의 모퉁이에서 어느 길로 대궐에 호소하랴.	海隅何路叩天閣
다락배가 곧장 등주 내주 지방을 가리키고	樓船直指登萊地
사람들 말 빌려 지존의 귀에 들리기를 바라네.	要借人言達至尊

바야흐로 4월 10일은 바다가 물이 불어나는 시기인데, 해변의 정탐병이 큰 배 10여 척이 모두 깃발과 창칼을 가지고 있는 것을 보고 해적선인가 한 데다, 바닷가에 또 노추(奴酋: 홍타이지)가 조선의 해선(海船) 400척을 획득해 쳐들어오려고 기도한다는 것이 전해져 노추의 병선(兵船)인가 하여 바삐 총병부(總兵府)와 해도부사(海道副使)에게 들어가 보고하였다. 총병과 해도부사는 영기(令旗)와 영전(令箭)을 전해주어 병장기를 엄히 갖춘 여러 배들을 모두 바다어귀에 배치하도록 하였으며, 고을의 관리[府縣官]들은 성문을 닫게 하였다가 또 사람을 시켜 무슨 배인지 알아보도록 분부하였다. 정탐병이 작은 배를 골랐으나 멀리서는 보이는 것이 흐릿하고 가까이는 감히 갈 수 없었기 때문에 한창 진퇴양난이었는데, 갑자기 배 위에 있던 기패관(旗牌官)이 소리쳤다.

"남군이 온다, 모문룡 장군님의 병선(兵船)이다."

정탐병이 그제야 감히 건너가니, 선실로 불러 들어오도록 하였다. 정탐병이 모문룡 장군을 배알하니, 모문룡 장군이 말했다.

"나는 이번에 군량 관련 업무를 보러 왔으니, 총병 어른과 상의해야 할 것인바 만나 뵙고 싶다."

그리고 곧 정탐병을 격려하였다. 정탐병이 돌아와 보고하니, 성안에는 모두 안심했지만 아무도 감히 건너가려 하지 않았다. 단지 왕 해도(王海道)만 그가 여러 섬의 병마를 조사하다가 피도(皮島)에서 모문룡 장군과 만난 적이 있었기 때문에, 곧바로 배를 타고 바다로 나가 만나자고 분부하였다.

다음날 왕 해도가 바다로 나갔을 때, 모문룡 장군의 배가 묘도(廟島) 가까이로 이동해 왔다. 두 사람이 서로 만나 오래 헤어졌다가 만난 회포를 대략 펴자, 모문룡 장군이 있는 힘을 다해 말했다.

"각 섬의 군사와 백성들에게 두 달 동안이나 식량이 끊겼는데, 이제 독사(督師: 원숭환)께서 운송하는 길을 바꾸어 등래(登萊)는 이미 운송이 끊겼고 관문(關門: 산해관)에서도 아직 오지 않았습니다. 이와 같으니 어찌해야 할지 모르겠습니다. 저의 뜻은 등래에 묵은 군량이 있다면 약소하나마 지급해주시면 각 병사들을 지원하겠습니다. 당장에는 본진(本鎭)이 스스로 북경(北京)에 가서 직접 성상(聖上)께 아뢰도록 거들어 호부(戶部)와 병부(兵部) 두 부서에게 참작하도록 해 운송하는 길을 이전대로 복구하고 해금령(海禁令)을 풀면 거의 부족함이 없게 되어 적을 멸하는 공을 거둘 수 있을 것이옵니다."

왕 해도(王海道)가 말했다.

"등래(登萊)에서 지난번에 군비가 부족했던 것은 정말 재해로 인한 흉작이 든데다 다시 백련교(白蓮教) 병란이 있었기 때문이오. 그리고 백성들이 빚을 끌며 완납하지 않았기 때문에 모든 일을 해결할 수 없었던 것이지, 원래부터 해당 부서가 가진 것이 아니어서 해결할 수 없었던 것이오. 성상 앞에서 아뢰겠다는 것으로 말하면, 대인(大人)은 요해(遼海)의 만리장성(萬里長城)과 같은 영웅적 인물인데 어찌 하루라도 가벼이 섬을 떠날 수 있겠소. 만일 오랑캐가 그것을 들어 안다면 병력을 기울여 섬을 침범할 것이니, 혹 실수하는 일이 있게 되면 죄 짓는 것이 적지 않소. 게다가 독사(督師: 원숭환)가 연달아 상소를 올렸는데,

여순(旅順)에서 대인(大人)과 만나 오랑캐 멸하는 일을 상의하려고 했
는데 여기에서 적당히 협의하는 것이 나을 듯하오. 생각컨대 독사께
서는 마음속으로 나라를 위해 충성할 것을 맹세하였고 반드시 고집하
는 바도 없으니, 어찌 일개 운송 길로 인하여 조정을 따르지 않는 것에
이르겠소이까?"

모문룡 장군이 말했다.

"저는 군사들과 백성들이 울부짖고 죽기만을 기다리는 것에 쫓기어
마지못해 할 수 없이 많은 사람들을 위해 하명(下命)을 청하려 했던
것이옵니다. 이미 고명한 가르침을 받았으니, 저는 할 수 없이 조용히
독사(督師)께서 참작하여 협의한 것을 따르겠습니다. 운송하는 길을
바꾸는 일에 대해서는 실로 불편하니, 비유컨대 귀하가 관할하는 곳
에서 항해가 매우 편하다면 어찌 배를 버리고 육로를 취하여 멀리 관
문(關門: 산해관)까지 가겠습니까? 관문에서는 또한 동강(東江)으로 운
송하는 것을 더해야 하니, 관문은 오랑캐에 의해 고달픈 것이 아니라
동강에 의해 고달픈 것이옵니다."

왕 해도(王海道) 역시 수긍하였고, 양측은 송별하였다.

> 가슴속 가득한 충분 알려질 길 없으니 　　　　一腔忠憤無由達
> 또다시 알아주는 이에게 품은 뜻 말하네. 　　　却向相知話夙心

왕 해도는 즉시 관청의 창고로 가서 은(銀) 1천 냥을 가져다가 묵은
군비[舊餉]로 삼아서 잠깐 동안이나마 구제토록 하고 또 약간의 선물
을 보냈다. 모문룡 장군은 배를 타고 섬으로 돌아가는 길에 독사(督師:
원숭환)를 만나는 날을 기다려 해운(海運)의 편리성을 분명히 말하여 그
가 예전 그대로 따를 것을 다시 해상의 각 섬 군사들에게 약속을 하여

헛소문이 군대의 사기를 어지럽히지 않기를 바랐다. 과연 독사가 제본(題本: 上奏書)으로 인하여 회의하려고 군대의 사무를 잠시 조 총병(趙總兵: 趙率敎)과 왕 순도(王巡道)에게 관리하도록 하고는 5월 12일부터 바다로 나가 여순(旅順)을 바라보며 왔는데, 이쪽에서 모문룡 장군은 병선(兵船)을 거느리고 곧장 영원(寧遠)에 도착하여 영접하였다.

금해령(禁海令)과 운송로의 변경은 확실히 타당하지 않은데, 처음 의견을 내놓은 자가 어찌 몰랐으랴만 단지 이 기회를 빌려 지극히 얽어매려고 했을 뿐이다. 심지어 등래(登萊)에 와서 천금을 얻고서 바로 떠나겠다니, 포효하며 제멋대로 횡포를 부리는 자라면 참으로 이와 같이 할 것이로다! 저잣거리에 호랑이가 나타났다는 당치 않은 말이 쉽게 이뤄질 수 있음을 잘 알겠다.

운송로의 변경은 이미 살벌한 기미가 숨겨져 있어서 함께 공모하여 모문룡 장군을 죽일 것이라고 말해도 아마 거짓이 아니리라.

제38회

쌍도는 충신들이 도륙되어 한이 있고,
동강은 견제되어 적을 막을 사람이 없다.

雙島屠忠有恨, 東江牽制無人.

적이 아직 망하지 않았는데도 활이 감춰지니 | 敵未亡兮弓已藏
사람들이 눈물 뿌리며 하늘에 호소하게 하네. | 令人揮淚籲蒼蒼
아직 영웅의 뜻을 이루지 못했는데도 쫓아내고 | 驅除未竟英雄志
오히려 열사의 충심을 욕되도록 참소하네. | 蔞菲猶汙烈士腸

스스로 무너지니 단도제가 만리장성 탄식하고 | 自壞長城嗟道濟
변고가 일어나니 진왕이 기둥을 돌면서 놀랐네. | 變生繞柱駭秦王
흰 수레에 백마 타고 동쪽 바닷가 달릴지언정 | 素車白馬東溟上
한줄기 웅대한 마음 쉽사리 항복하지 않으리라. | 一派雄心未易降

　　사람이 태어나 예로부터 누군들 죽지 않겠는가만, 침상에서 누워 이
리저리 몸을 뒤척이며 고통을 견디지 못하는데, 또 아내와 어린 아이
들이 목 놓아 울어대서 마음을 어지럽히는 것보다 차라리 한 칼에
베듯 관계를 끊는 것이 나을 것이니 얼마나 상쾌하고 얼마나 단호한
일인가! 그러나 이처럼 전장에서 죽는 것은 칼 하나 혹은 창 하나로
혼자 분투하는 일로 어찌되었든 적을 몇 명 베는 것이다. 만일 그렇지
않다면 붙잡혀 가서 적들을 한바탕 호되게 꾸짖다가 머리가 잘리고
목이 잘릴 것이리니 오히려 몹시 열렬하다 할 것이다. 원망스러운 것

은 시기하는 자의 손에 죽는 것으로 외로운 충성이 드러나지도 않을 뿐더러 도리어 오명을 짊어지는 것으로, 이는 바다의 조류가 우레와 같이 울리는 것은 마치 분노의 울음소리를 내는 것 같고, 급한 물결이 서로 부딪쳐 꽃잎이 흩날리듯 하는 것은 아직도 외로운 신하가 눈물을 뿌리는 것과 같은 것이다. 흐느껴 운들 아, 무슨 소용이 있으랴, 그 사람을 황천길에서 일으켜 세워 반쪽이 된 천하를 지탱하고자 하나 그 사람이 이미 죽어서 뼈는 이미 썩었으니 또한 깊이 통탄하지 아니하겠는가.

모문룡 장군은 마음으로 나라를 위할 줄 알았지 결코 시기하거나 주저하는 마음이 없었으니, 독사(督師: 원숭환)가 성지(聖智)를 받들어 회의하겠다는 말을 듣자마자 배를 타고 곧장 영원(寧遠)에 도착하였다. 뜻밖에도 독사는 이미 5월 12일에 출발했는데, 23일에 용무후영도사(龍武后營都司) 김정경(金鼎卿)이 병마를 이끌고 영접하였다. 독사가 배 안에서 김정경을 만나 가까이 앉히고는 술과 음식을 베풀었다. 24일에는 와서 영접하는 동강(東江)의 모든 병사들에게 쌀 2말씩 상으로 주었다. 25일에는 북신구(北汛口)에서 배를 띄워 대왕산(大王山)을 거쳐 쌍중도(雙中島)에서 하루를 머물렀다. 27일에는 등주 유격(登州遊擊) 윤계하(尹繼何)가 수군을 이끌고 나와 영접하였다. 28일에는 송목도(松木島)·대소흑산(大小黑山)·사도(蛇島)·하마도(蝦蟆島)를 거쳐 쌍도(雙島)에서 다시 묵게 되자, 여순 유격(旅順遊擊) 모승의(毛承義)가 나와 영접하였다. 29일에는 모문룡 장군이 영원(寧遠)에서 그제야 쌍도에 도착하였다. 6월 1일에 두 사람이 만나서 인사하였는데, 모문룡 장군이 먼저 환영하는 음식을 보내오자 독사(督師)가 배안에서 같이 먹자고 하였으나 모문룡 장군은 겸손히 옆자리에 앉아 있다가 식후에 인사하고 떠났다. 독사(督師: 원숭환)도 모문룡 장군을 따라와 만났는데, 두 사람이 자리를 잡자 독사가 말했다.

"지금 요동(遼東)의 바다 밖은 단지 나의 부원(部院)과 그대의 진영(鎭營) 두 사람만이 있으니, 반드시 한마음으로 협력하여 이 국면을 매듭지어야 하오. 나의 부원은 온갖 위험과 어려움을 아랑곳하지 않고 여기까지 와서 그대의 진영과 함께 공격할 계책을 상의하나니, 국가적인 중대사는 이 한 번의 거사에 달려 있소."

모문룡 장군이 말했다.

"저는 바다 밖에 8년 동안 있으면서 공적을 세운 것도 있으나 병장기가 부족하고 말들이 지쳐서 오랑캐를 멸하려 했던 뜻을 이루지 못했소이다. 만약 마음을 미루어 진심으로 대처해주신다면 응당 있는 힘을 다해 오랑캐를 멸하려는 뜻을 얻을 수 있을 것이오."

모문룡 장군은 인사를 하고 헤어져 배로 돌아왔다. 저녁 무렵, 모문룡 장군이 장방(帳房: 천막)을 절벽 위에 설치하고 성대히 산해진미를 차려 독사를 환대하니 독사도 기꺼이 마주하였는데, 처음에는 좌석이 멀리 떨어져 있었지만 나중에는 독사가 탁자를 서로 가깝게 옮기도록 하였다. 독사 또한 마음을 열어 통쾌하게 술을 마시고 귓속말로 깊은 말을 나누며 지극히 즐거워하며 흡족해하다가 이경(二更: 밤 9시부터 11시 사이)이 되어서야 각자 장방으로 돌아갔다.

> 즐거운 정이 넘치나니 취한 얼굴 더 붉고　　　歡情浹洽醉顏酡
> 웃음 속에 예리한 칼날 몇 번이나 갈았나.　　　笑裡吳鉤幾次磨
> 이때부터 장군은 슬기와 계략이 소홀해졌으니　自是將軍疎知略
> 날개 치며 펼친 그물로 들어가는 것 보리로다.　行看刷翅入罝羅

2일, 두 사람이 다시 만났는데, 독사(督師: 원숭환)가 모문룡 장군의 오랑캐 무사들에게 각기 은 1냥, 쌀 1석, 베 1필씩을 주어 작은 선심으로 그들의 마음을 수습하였다. 두 사람은 또한 삼경(三更: 밤 11시부터 새벽 1시 사이)이 되도록 술을 마셨다. 3일, 두 사람 모두 평상복을 입고 섬에서 한가롭게 즐기며 밤늦도록 술을 마셨다. 모문룡 장군이 스스로 꺼려 싫어하는 기색이 없는 것은 말할 것도 없고 그의 휘하 사람들마저도 두 사람이 서로 극히 사이가 좋다고 말하며 모문룡 장군을 와서 살피지 않았다. 결국 모문룡 장군이 비록 임기응변의 책략이 있을지라도 역시 끝내 무인이었으니, 독사가 불쑥 온 것은 큰 계획도 없이 해도(海島)를 살펴보며 사졸들을 포상하는 것에 불과하고, 한차례 동강(東江)을 구획하는 것은 그의 부원(部院) 휘하에서 갈라져 나온 4협(協)으로 삼는 것에 불과하다고 보았다. 모문룡 장군이 중간에서 운용하게 하고 이를 영제(營制)라고 하였는데, 모문룡 장군은 그의 은밀한 속마음을 알지도 못하면서 따르지 않을 수도 없었다. 술을 마신 후 모문룡 장군은 홀로 돌아갔는데, 독사가 뜻밖에 부장(副將) 왕저(汪翥)·왕서(汪敘) 두 사람을 불러들이니 비밀리에 이야기하며 2시간이 지나고서야 비로소 나왔다. 4일, 또다시 동강의 장수와 병사들에게 큰 상을 내렸고, 저녁에는 또한 왕 기고(王旗鼓)·부 기고(傅旗鼓)·왕 부장(王副將)·사 참장(謝參將)을 불러들여 만났다. 5일, 독사가 명령을 전하여 왕 기고와 부 기고에게 은 10만 냥을 가져다가 동강의 장수와 병사들에게 내어주게 하니, 모문룡 장군의 장수와 병사들을 딴 데로 돌려놓은 것이었다. 왕 부장과 사 참장에게 병사들을 거느리고 해안에 올라 에워싸고서 화살을 겨누도록 했다. 이때 마침 모문룡 장군이 들어오며 영원(寧遠)으로 돌아갈 날짜를 묻자, 독사가 말했다.

"내일이오."

곧바로 모문룡 장군을 머물도록 하여 함께 활 쏘는 것을 구경하였다. 독사(督師: 원숭환)가 또 말했다.

"내일 급히 떠나가야 하니 직접 인사할 수가 없소이다. 나라의 바다 밖에 관한 중요한 임무를 전적으로 귀진(貴鎭)에 의지하니, 나의 부원(部院)이 큰절을 하는 것이 합당하오."

절하기를 마치자, 독사가 모문룡 장군을 장방(帳房: 천막) 안으로 초대하여 술을 마시면서 각 병영의 군사들을 나누어 사방에서 에워싸게 하였다. 왕 부장(王副將)·사 참장(謝參將)은 이미 밀계를 받고 병사들을 배치하였는데, 일찌감치 모문룡 장군을 따라온 장관(將官: 장수)과 가정(家丁)들을 포위 밖으로 쫓아냈다.

독사가 척 보니, 옆에는 모문룡 장군의 사람이 많이 있지 않았고 이쪽에는 두 도사(都司) 조불기(趙不忮)와 하린도(何鱗圖), 기고관(旗鼓官) 장국병(張國柄)이 단단히 독사의 가정(家丁)들을 거느리고 장방(帳房) 앞에 서 있었다. 독사가 장국병에게 술을 보내 모문룡 장군에게 주도록 하니, 장국병이 나아가 모문룡 장군의 자리 옆에 섰다. 독사가 거짓으로 술에 취한 척하며 말했다.

"나의 부원(部院)이 사진(四鎭)을 통제하고 해금령(海禁令)을 엄하게 한 것은 실로 천진(天津)·등주(登州)·내주(萊州)가 심복들의 화를 당할까 염려한 것이오. 지금 동강(東江)에 향사(餉司)를 설립하니, 군비가 영원(寧遠)을 거쳐 동강에 도달하는 것도 편리할 것이오. 어제 귀진(貴鎭)과 서로 의논하였는데, 어찌하여 은(銀)을 풀어 직접 등래(登萊)에 가서 식량을 사들이려 하는 것이오?"

모문룡 장군이 말했다.

"나의 진영(鎭營)은 진실로 길이 구불구불하여 제때에 보급을 받지 못할까 염려하는 것이고, 게다가 백성들을 힘들게 하기 때문에 차라리 등래(登萊)가 편하다고 여기는 것이오."

독사(督師: 원숭환)가 말했다.

"나의 부원(部院)이 여순(旅順)을 동서로 나누어 통제하고 관할하려는데, 이것을 안 된다고 할 수 없을 것이오."

모문룡 장군이 말했다.

"하나를 동서로 나누어 통제하고 관할하려면 누군가에게 미루지 않을 수 없을 것이니, 요컨대 한마음으로 힘을 합쳐야 할 것인데 어찌하여 독사를 도와서 5년 안에 전공(戰功)을 아뢰기 어렵게 하는 것이오."

독사가 말했다.

"그래 나의 방법이 모두 잘못되었다는 말인가!"

모문룡 장군이 말했다.

"저 또한 감히 제 자신의 의견을 굳게 고집하지 못하지만, 단지 나라를 위해 편의를 도모하려는 것이외다."

독사가 말했다.

"그래 나는 나라를 위하지 않는단 말인가! 그대가 남의 공을 제 것으로 하고 사병의 급료를 가로채면서 거짓말로 임금을 속이고 있는데도 내가 그대를 처치하지 않았거늘, 그대가 감히 나에게 반항하는 것인가?"

모문룡 장군이 말했다.

"독사께서 만약 내가 남의 공을 가로챘다고 한다면, 영원(寧遠)에서 수차례 싸웠는데 어찌하여 몇 명의 달자(韃子)를 죽여 바친 전공(戰功)을 내 것으로 취하지 않았겠소? 만약 사병의 급료를 가로챘다고 한다면, 어제 독사께서 동강(東江)의 장관(將官: 장수)들을 위로하며 말하기를, '영전도(寧前道)에서 장관에게 많은 녹봉을 주었고 병사들에게 많은 군량을 주었어도 아직 배부르기에는 부족하다.'고 하였으니, 여러 장수와 병사들이 바다 밖에서 고생을 마다하면서 단지 쌀 1곡(斛: 10말)

을 얻지만 여전히 가족을 부양하기에 더 필요로 하오. 이것이 동강(東
江)에서 군량이 늘 부족에 시달린 까닭인데, 과연 가로챌 수 있었겠
소? 결코 어떠한 거짓말로도 임금을 속인 적이 없소.”

독사(督師: 원숭환)가 말했다.

“여전히 감히 강변하니, 내가 상방검(尙方劍)으로 그대의 머리를 베
어야겠다.”

모문룡 장군은 또한 그가 술에 취한 것이라고 여겨 전혀 개의치 않
고서 다시 말했다.

“나에게 공은 있어도 죄는 없소이다.”

독사가 장국병(張國柄)을 한번 보자마자, 장국병이 장화에서 칼을
꺼내어 바로 단칼에 모문룡 장군의 머리를 찌르자, 모문룡 장군이 말
했다.

“그대는 성지를 받들지 않고 감히 나를 해치려는 것이냐!”

장방 옆쪽에서 조불기(趙不忮)·하린도(何鱗圖)가 몸을 돌려 들어와
찌르는 두 칼에 일찌감치 숨이 끊겼다. 이때 나이가 53세이었다. 모문
룡 장군의 휘하에는 친정(親丁: 측근 가정)이 89명이 있어서 달려와 구
원하려 했지만, 장방(帳房) 앞에는 조 도사(趙都司)가 100여 명을 거느
리고 있었는데, 모두 일제히 폭행하여 죽였다.

8년 동안 해동에서 참으로 모진 고생하며	八載艱辛固海東
신묘한 꾀로 가는 곳마다 뛰어난 공 세웠네.	神謀所向着奇功
깃발 휘날리는 달밤에 강성한 오랑캐 잡고	旗鶱夜月強胡縛
말발굽 봄 얼음 밟자 흉한 오랑캐 없어졌네.	馬蹴春冰醜虜空

백만 백성들이 성대한 덕을 노래하고	百萬黔黎歌德盛
일천 무리 철기들 융성한 은혜에 울었네.	千群鐵騎泣恩隆

공적 워낙 커서 도리어 시기를 불렀어도 可堪功大還招忌
평원의 들풀 가운데 피를 뿌렸도다. 血洒平原野草中

또,

즐풍목우로 황량한 폐허를 개척하여 櫛沐闢荒墟
유민들이 살 수 있게 되니 좋아하였네. 遺民樂有居
굶주림 참으며 아침에도 적의 목 조르고 忍饑朝扼吭
구름 걷히니 밤이라도 불시에 습격하였네. 披月夜乘虛

휘하의 병사들 오기를 노래하고 下士歌吳起
원한을 품으며 오자서를 슬퍼하네. 含冤泣伍胥
황천에서는 다시 하기 어려우니 九原難再作
나라 걱정에 하나같이 흐느끼네. 憂國一欷歔

독사(督師: 원숭환)는 장국병(張國柄)에게 명령을 전하라며 말했다.

"성지(聖旨)를 받자온대, 모문룡이 남의 공을 제 것으로 하고 포상을 가로채며 제멋대로 날뛰면서 신하의 도리를 지키지 않았으니, 그 죄를 용서할 수 없어서 이미 부원(部院)에서 내려주신 상방검(尙方劍)으로 참수하였도다. 그 나머지 장수와 병사들은 한 사람이라도 죽이지 말고, 유언비어를 퍼뜨려 죄를 지어서는 안 된다."

그때 주위를 에워싸고 있던 장수와 병사들이 그 말을 듣고는 놀랐는데, 동강(東江)의 병사들은 들끓는 분노를 품었지만 단지 지금 1800명 뿐인 군사로는 감당할 수가 없었다. 독사(督師: 원숭환)가 미리 왕 부장(汪副將)·사 부장(謝副將) 등에게 정예병 만 명 정도를 모두 준비하도록 하였으니, 활시위를 당기고 칼집에서 칼을 빼어서 독사의 장방(帳房)을 철통같이 둘러쌌다. 유격(遊擊) 윤계하(尹繼何)가 이미 명령을 받들어 좌선(座船: 사령선) 20척을 준비해 두고 섬 아래에서 급박한 상황에 대비하자, 동강(東江)의 병사들도 어찌할 방법이 없어 강성했던 군사들은 병장기를 내던지며 크게 고함쳐 말했다.

"이와 같은 큰 공을 세우고도 어찌 앞으로 뜻을 굽히고 해를 입을 수 있으랴!"

약한 자들은 눈물을 흘리며 말했다.

"모문룡 장군처럼 이렇게 좋은 사람이 진심으로 나라를 위했는데도 제명대로 살다가 편안히 죽을 수가 없단 말인가!"

몇 명의 장관(將官: 장수)들이 진정한 도리는 성지(聖旨)를 받드는 것이라고 여기는 자도 있었고, 또 독사의 군대 위세가 두려워 다만 공이 높아지면 시기를 받아 죄 없이 주살을 당했을 뿐이라고 한탄하는 자도 있었다. 독사가 또 분부하였다.

"원래 동강병(東江兵)을 4협(協)으로 나누어서는, 1협은 부총병(副總兵) 모승록(毛承祿)에게 맡기고, 2협은 기고관(旗鼓官) 서부주(徐敷奏)에게 맡기고, 3협은 항장 유격(降將遊擊) 유흥조(劉興祚)에게 맡기고, 4협은 부장(副將) 진계성(陳繼盛)에게 맡겨 나누어 거느리게 하라. 동강의 사무는 진계성에게 잠시 관리하되 각 협에서 공을 세운 사람이 있으면, 곧 모문룡 장군이 관리한 도장을 찍어 주기를 기다리도록 하라. 동강의 병사 1,800명에게 각기 은(銀) 3냥을 상으로 내리고, 그 나머지 섬에 있는 병사들에게는 즉시 가지고 있던 은 10만 냥을 4협으로 나누어 상으로 지급하고 또한 각기 3냥씩 주도록 하라. 모씨 성을 가진 가정(家丁)은 원래의 성대로 회복하게 하니, 근심하거나 의구심을 가질 필요가 없도록 하라. 각 관원을 나누어 각 섬으로 가게 해서 군사와 백성들을 위로하라."

또 모문룡 장군의 시체를 그의 친족들로 하여금 좋은 관을 스스로 마련한 뒤에 거두어 염하도록 분부하였다.

독사(督師: 원숭환)가 직접 영원(寧遠)에 가 먼저 갖춘 제본(題本: 上奏書)은 섬의 모문룡 장군이 반역한 정상을 환히 드러내고 기회를 놓치지 않고자 황제의 지시 없이 형편에 따라 재량권으로 사형을 집행하였으니 삼가 거적을 깔고서 벌주길 기다리며 성상이 재가하는 대로 우러러 따르겠다는 것인데, 모문룡 장군이 독단적으로 경략(經略)과 순무(巡撫)의 통제를 받지 않은 것, 임금을 속이는 상소문을 올린 것, 나라에 큰 죄를 지어 도리에 크게 어긋난 것, 군비[糧餉]를 손해 끼치며 도둑질한 것, 시장을 열어 사사로이 외부의 오랑캐와 통상한 것, 조정의 작록(爵祿)을 폄훼한 것, 상인들을 겁박하고 빼앗은 것, 여색을 좋아하고 음란을 가르친 것, 백성의 목숨을 하찮게 여겨 요동의 백성을 돌보지 않은 것, 황제 가까이에서 모시는 신하들과 교류하고 결탁한 것, 철산(鐵山)에서의 패배를 감추어 공으로 삼은 것, 도적 기르는 것을 앉아서 보기만 한 것 등 모두 열두 가지의 죄를 조리 있게 진술하였다.

성지(聖旨)를 받드니, 이러하였다.

"모문룡이 멀리 해상에 나아가 있으면서 군량을 소모하며 공을 가로채었고, 조정의 명을 자주 어기며 통제를 받지 않았으며, 근자에는 다시 군사를 장악하여 등래(登萊)에까지 진격해 군량을 요구하며 협박하였고 제멋대로 함부로 날뛰니 본심을 헤아리기 어려웠으며, 게다가 오랑캐와 통상한 흔적이 있어서 오랑캐를 협공하는데도 도움을 받을 수가 없었고 견제하는데도 장애가 되었도다. 경(卿)은 마땅히 동지들과 협력하고 도모하여 죄상을 널리 알리며 사형을 집행하였도다. 일은 강역(疆域: 국토)의 안위에 관계된 것이니, 곤외(閫外)는 법제에 맞지 않게 처리했다고 생각하여 죄를 자초할 필요가 없도다. 처치에 관한 모든 일은 칙명(勅命)을 따라 그대로 기회를 살펴 행하라."

또 다른 제본(題本)은 섬에서 모문룡 장군이 사형 집행을 받은 것인데, 성지(聖旨)를 받드니 이러하였다.

"동강(東江)을 구획하여 뒷일을 잘 처리한 것이 모두 타당하고 확실하게 했다는 것을 알았도다. 섬에 있는 병사의 수가 이미 많지 않으나 응당 장수의 자리를 내버려두어야 하는지 않아야 하는지 즉시 의견을 수렴하여 복계(覆啓)하라. 성씨를 모(毛)라고 한 병정들은 모두 원래의 성을 회복하게 하고, 재주를 쓸 만한 자가 있으면 종전과 같이 임용하라. 나머지는 명대로 시행하라."

대개 저잣거리의 호랑이가 세 사람의 입에 의해 만들어졌는데, 모문룡 장군은 연달아 탄핵을 당하고 또 독사(督師: 원숭환)의 한쪽 말만 거친 데다 게다가 이미 깨어진 시루처럼 돌이킬 수가 없었기 때문에, 황제도 다만 이와 같이 성지를 내릴 뿐이었다. 만약 결박하여 궐하(闕下)로 보내게 했다면, 억울한 참소를 당할 것임은 명백하였을 것이다. 그렇게 하지 않았다면 요즘처럼 마세룡(馬世龍)·양국동(楊國棟)이 감옥에서 나온 중에도 나라를 위해 도적을 멸했던 것을 아직 할 수 있으리니, 마땅히 반드시 볼 만한 것이 있을 것이다. 그러나 어떤 사람이 또 말하기를, "쌍도(雙島)는 동강에 인접해 있어서 빨리 죽이는 것만이 뭇 사람의 희망을 끊을 수 있고 다시 변고가 일어나지 않게 하는 것이다."고 하였는데, 대저 이미 죽일 수 있었다면 유독 사로잡아서는 안 된다는 말인가! 더욱 이 말은 옳지 않다.

송(宋)나라 때 악비(岳飛)를 죽이지 않으면 화의(和議)가 이루어지지 않는다는 주장이 있었는데, 오늘날에도 또한 많은 사람들이 모문룡 장군을 죽이라고 하자 독사(督師: 원숭환)가 오랑캐의 이간책에 당하여 죽임으로써 오랑캐를 통쾌하게 한 데다 속히 화의까지 이루어졌다.

아! 독사도 사람의 마음을 가진 자일 텐데 이와 같이 어리석고도 모질단 말인가. 정신(廷臣: 陶宗道)이 일찍이 이르기를, "쌍도(雙島)는 한고조(漢高祖: 劉邦)가 운몽(雲夢)에 거짓으로 행차해야 했던 것처럼 모문룡의 본거지가 아니었는데도 발자취는 이미 거짓행차[僞遊]와 거의 가까웠는데, 원숭환(袁崇煥)은 조(趙)나라를 구원하려는 거동도 없이 몽둥이로 진비(晉鄙)를 먼저 쳐 죽였다."고 하였으니, 경솔하고 조급했던 것에 의심의 여지가 없지 않다. 또 정신(廷臣: 조정의 신하)이 이르기를, "모문룡이 죽지 않았을 때에는 견제한 실상은 없는데 그 이름만 있었다고 여기다가 지금은 우리가 나아가기 전에 오랑캐가 먼저 쳐들어올까 염려하고 있으니, 사람들은 장차 그가 죽은 뒤를 논의해야 할 것이다. 모문룡 장군이 이미 죽어서는 오랑캐를 견제한 공로는 없는데 그 임무만 있었다고 여기다가 지금은 우리가 나아가 불러도 오랑캐 뒤에서 응하지 않을까 염려하고 있으니, 사람들은 장차 그가 죽은 뒤를 논의해야 할 것이다."고 하였다. 지금 그 일이 더욱 좌권(左券)과 같지 않으니, 어찌 능히 죄에 대한 논의를 면할 수 있었겠는가.

제39회

후환이 제거되니 오랑캐가 쳐들어오고,
대안구 잃으니 현인들이 절의를 지키다.
後患除醜虜入寇, 大安失群賢靖節.

액운이 슬프게도 날마다 드세어지니 | 殺運嗟日厲
강역 보존하는 심오한 계획도 꺾어지네. | 封疆詘深計
보좌하는 세력 절로 쇠하여 약해지니 | 羽翼自凋殘
강성한 오랑캐 세력 더욱 굳세어지네. | 益壯強胡勢

가까이는 우호 맺고 먼데는 공격하느라 | 近交爲遠攻
오랑캐가 미친 듯이 날뛰며 물어뜯네. | 豕蛇發狂噬
다시금 또 방비가 무심하고 소홀하여 | 更復備禦疎
날랜 병사들이 유주와 계주로 쳐들어오네. | 輕兵入幽薊

견고한 성은 순식간에 박살나고 | 堅城碎頃刻
군대의 문무관 전쟁터에서 죽네. | 將吏沙場斃
붉은 피가 난하의 물이 되어 흐르고 | 血赤灤河水
시체가 가득하여 산과 견줄 만하네. | 橫屍山可儷

슬프고 슬프도다 남녀 무리들이 | 哀哀士女徒
떠도니 오랑캐가 마음대로 하네. | 淪落腥羶制
황상이 수고로이 국사로 근심하였으나 | 上虞宵晬憂
대낮에 천연의 요새가 닫히고 말았네. | 白日重關閉

날아든 급한 소식이 온 천하에 퍼져 | 羽書遍天下
징발하니 모두 썩 날래고 용맹스럽네. | 徵調盡精銳
가소롭도다 저 미쳐 날뛰는 놈아 | 笑彼狂逞者
응당 진 밧줄로 꽁꽁 잡아매리로다. | 應就長繩繫

홀로 화의 근원을 거슬러 올라가며 | 獨遡禍之源

분노가 일어나 눈이 찢어질 듯하네. | 怒起欲裂眥
누구를 명하여 오랑캐를 견제토록 했나 | 誰令牽制人
머리를 베느라 궁벽한 변방까지 갔네. | 斷首窮荒際

한집안끼리 창질하며 싸우니 | 同室橫戈矛
오랑캐 그 피폐한 틈 노리네. | 虜得乘其敝
나라 그르쳤으니 결국에 어찌 될꼬 | 誤國竟何如
천벌을 아마 면하기가 어려우리라. | 天誅想難貰

바둑을 둘 때면 잘못 두었던 수가 실리를 챙기는 수가 되고, 군사를 배치할 때면 허세가 실세가 되는 경우도 있다. 지금 복건성(福建省)의 정지룡(鄭之龍: 鄭芝龍으로도 표기)이 이괴기(李魁琦)를 사로잡은 것과 같은 경우도, 이괴기는 먼 바다에 홍이(紅夷: 포르투갈인)가 있는지를 정탐하려고 했으나 감히 먼 바다로 나가지 못하였는데, 이를 인하여 정지룡이 군사를 내어 그를 공격하였던 것이다. 홍이는 원래 우리를 위해 온 것이 아니었을 터에 우리는 오히려 정지룡의 기세를 빌려 공을 세웠으니, 이것이야말로 사람을 잘 쓴 경우이다. 또 만일 노추(奴酋: 홍타이지)는 뜻을 하루도 중국에 두지 않은 적이 없었으니, 결국에는 서로(西虜: 몽골) 수령과 통혼하여 자기의 우익세력으로 만들고서야 비로소 쳐들어왔다. 우리는 그러나 한 명의 조력자를 결단성 있게 만류하지 못하고 큰 재앙을 일으키기에 이르렀다.

6월 중에 모문룡 장군이 죽었는데, 동강(東江)의 4협(協)에 있던 병사 2만 7천 명에만 한하여 관새(關塞: 산해관)에서 식량을 지급하고, 또 서부주(徐敷奏)·유흥조(劉興祚)의 두 협(協)을 관새(關塞)에 머물러 있도록 했지만 동강(東江)이 가지고 있던 식량이 불과 만여 석에 불과하자, 노추(奴酋: 홍타이지)는 일찌감치 이미 자신의 본거지를 그들이 공격하는 일을 하지 못하리라는 것을 알았다. 금주(錦州)·영원(寧遠)·산해관(山海關)에 병사 10여 만 명이 있었고 또한 조솔교(趙率教)·조천수(祖天壽: 祖大壽)의 일당이 있었는데도, 노추(奴酋)는 도리어 매복하여 허점을 노리며 희봉구(喜峰口)·대안구(大安口)가 있는 계진(薊鎮) 지방을 엿보다가 국경을 침입해 들어왔다. 먼 변방에서 그래도 예속 오랑캐인 동추(東酋)가 우리를 위해 염탐하고 있었으나, 그는 6월 이후에 물러나 사람을 시켜 금과 비단을 가지고 가게 하여 노추(奴酋)와 혼인을 맺었다. 이 서로(西虜)의 수령은 그의 재물을 탐내면서 그의 위세를 두려워하였는데 혼인을 맺는 것이 유리하다고 여겨 이미 혼인하였던 것이며, 그 후에 노추(奴酋)를 위해 죽는다 해도 그와 결탁하여 대안구에서 각 관문으로 침범해왔다. 그러나 하서(河西)의 정탐병은 무엇을 정탐한 것이며, 서로(西虜)를 후대했다는 것은 누구를 후대한 것인지, 노추(奴酋)가 만리장성 바깥으로 대거 쳐들어왔을 때 정탐도 알지 못했고 서로(西虜)도 알려주지 않았다. 이에 앞서 10월 25일 진대가인(秦代家人) 달자(韃子) 조랑백안(朝浪伯彦)이 와 노추(奴酋)의 달자(韃子) 7만 명이 26일에 희봉구(喜峰口)·마란욕(馬蘭峪)·대안구(大安口) 일대 지방을 침범하려 도모하고 있다고 보고했는데, 문득 27일 아침에 보니 과연 달병(韃兵)들이 셀 수 없을 정도로 대안구(大安口)를 통해 쳐들어왔다. 그보다 먼저 선무영 참장(宣武營參將) 주진(周鎮)이 병사를 이끌고서 수비하였고 후변 참장(後邊參將) 장복안(張福安)이 호응하였지만, 얼마 안 있어 죽임을 당해 대패하였고, 두 장관(將官: 장수)도 행방을 알 수가 없었다. 한 부대가 용정관(龍井關)을 통해 쳐들어오자, 유격(遊擊) 왕순신(王純臣)이 적을 맞아 싸우러 갔으나 또한 소식조차 없고, 오랑캐들은 이미 관문을 통해 쳐들어왔다. 이때 급보가 북경(北京)에 도착했는데, 노추(奴酋: 홍타이지)의 선봉부대가 이미 세 방면으로 나뉘어 쳐들어와서 준화(遵化)를 포위했다고 하였다. 석문역(石門驛)의 역승(驛丞: 역참 관리)이 황급히 뇌물로 미숫가루에 술과 고기를 바치며 영접하니, 노추(奴酋)가 크게 기뻐하여 그의 원래 직무로 복귀하였다. 마란욕(馬蘭峪) 방면은 참장(參將) 장만춘(張萬春)이 군사를 이끌고 싸우다가 패하여 성 안으로 도망쳤는데, 달적(韃賊)들이 성을 에워싸고 나오기를 요구하자 할 수 없이 왕 수재(王秀才)와 함께 나가 맞이하였다. 왕 수재에게 노추는 수비(守備)를 주고 장만춘은 이전 직위에 그대로 있게 하면서 도리어 그의 기패관(旗牌官) 이우무(李友武)를 시켜 영전(令箭)을 가지고 오게 하여 장군관(將軍關)에서 백성들에게 투항하도록 권유하게 하니, 관문을 지키고 있던 자들이 순무(巡撫)를 붙잡아 호송해와 베어버렸다. 또 다른 방면에서 병사들과 백성들이 머리를 깎고 맞이하며 항복하지 않는 자가 없었는데, 오랑캐들 마음대로 처녀들을 간음하고 재산을 약탈하도록 내버려두었다.

사람들은 비린내 누린내 물들었고	人染腥羶氣
집안에는 전혀 양식이 없네.	家無擔石儲
황량한 성이 석양에 빗장 쳐지니	荒城扃落日
들판의 성은 모두가 폐허 되었네.	野城盡丘墟

4일에 산해진수 대총병(山海鎮守大總兵) 조솔교(趙率敎)가 황제의 명을 받들어 대규모 병력을 통솔하여 이끌고 준화를 지원하러 다가왔다. 대략 사시(巳時: 오전 9시부터 11시 사이)쯤 준화에 이르렀을 때, 갑자기 노추(奴酋: 홍타이지)의 대군이 당도하여 격렬한 전투가 4시간 동안이나 지속되었다. 뜻밖에도 노추의 병사들이 매우 많았으며, 이들은 조

솔교(趙率敎) 총병의 군대를 포위하여 이러한 사실이 누설되지 않게 하였다. 조솔교 총병은 힘껏 싸웠으나 다시 벗어나지 못하고 한창 싸우다가 노추의 병사가 쏜 화살에 의해 명치가 적중되어 말에서 떨어져 죽었다. 그 나머지 부하들도 모두 살해되었다.

금주의 혈전에서 뛰어난 전공 드러나니	錦州血戰著奇功
영민하고 용맹하여 보면 마복군과 같아라.	英武看疑馬服同
뉘 알랴 하늘이 망케 하니 기상 펴기 힘든 것을	誰料天亡難自展
전쟁터에서 뜨거운 피로 외로운 충성 떨치네.	沙場熱血洒孤忠

조솔교 총병이 이끈 군대가 패배하자 성안은 더욱 더 놀랐는데, 적은 승군(勝軍)을 돌려 성을 공격하였다. 5일에는 오랑캐들이 줄사다리 등을 설치하고 성을 공격하자 성안에서도 포석(砲石)을 쏘며 적을 막으며, 달적(韃賊) 200여 명을 쳐 죽였다. 그런데 또 첩자[奸細]가 성에서 불을 지르자, 성을 지키고 있던 사람들이 놀람과 두려움으로 집을 살피는 동안 벌써 오랑캐들은 줄사다리를 성 서북쪽에 걸고 성을 올랐으며 얼마 뒤에 성이 함락되었다. 성안에서는 순무(巡撫) 왕원아(王元雅)가 스스로 목을 매었고, 오랑캐 아복태(阿卜太: 阿巴泰)가 좁은 길로 직접 성에 들어와 순무 아문(巡撫衙門)에 주둔하여 관원을 사방의 산으로 보내 투항을 권유토록 하였다.

당보(塘報: 전황 보고)가 북경(北京)에 알려지자, 황제가 훨씬 전에 알고 있었다는 듯이 황명을 전하여 독사(督師: 원숭환)가 관문에 들어오도록 재촉하고 보정(保定: 총병 왕선)과 선대(宣大: 宣府 총병 후세록와 大同 총병 만계의 합칭)가 구원병을 파견하도록 재촉하였는데, 산서(山西)·산동(山東)·하남(河南)에서 각기 병사 3천 명씩 일으키고 총병(總兵) 후세록(侯世祿)·만계(滿桂)를 등용하여 북경에 와서 방어하니, 각 성(省)의 직속 총독(總督)과 순무(巡撫)가 각기 군사를 일으켜 들어와 지켰다. 또 황명에 따른 입대(入對)에서 아뢴 말로 인하여 서길사(庶吉士) 유지륜(劉之倫)을 병부 우시랑(兵部右侍郎)으로 벼슬의 품계를 뛰어넘어 발탁해 병부의 일을 협력하여 처리하도록 하였는데, 포의(布衣) 신보(申輔)가 처음으로 수레전[車戰]을 말하니 도사(都司)로 벼슬의 품계를 뛰어넘어 제수하고 다시 부총병(副總兵)을 더하여 은(銀) 7만 냥을 주고서 수레를 만드는데 필요한 병사를 모집하게 하였다. 예부시랑(禮部侍郎) 서광계(徐光啟)가 만력(萬曆: 1573~1620) 연간에 관청을 설치하고 병사들을 훈련한 적이 있었는데, 지금 여전히 그는 편수(編修) 이건방(李建方)과 함께 훈련을 지도하고 있다. 부장(副將) 이하 명령에 따르지 않는 자는 군법으로 처리하였다. 또 병부상서(兵部尙書) 왕재진(王在晉)이 적병이 국경을 침범했는데도 전략에 관심이 없고 정탐에 소홀하였기 때문에 처음으로 황제가 이를 물었을 때는 오랑캐 군대가 어디에 있는지 알지 못하였다. 나중에 준화(遵化)가 함락되었다고 2일 뒤에 비로소 보고하자, 황제가 압송해와 하옥시키고 심문하게 하였다. 독사(督師: 원숭환)는 성지(聖旨)에 엄히 관문으로 들어오라고 재촉하는 것을 따르면서 식량부족에 관한 제본(題本: 上奏書)을 올리며 말했다.

"구원병들에게 배불리 먹을 수 있도록 지급해주소서"

이에 성지(聖旨)로 이미 호부(戶部)를 재촉하여 즉시 군량과 마초(馬草)를 보내도록 하고, 또 어전(御前)에서 은(銀) 1만 냥을 보내며 어사(御史) 1명을 파견하여 고기와 음식을 만들거나 사서 술과 함께 나누어주고 위로하도록 하였다. 이때 오랑캐 군대가 계진(薊鎭)을 점차 지나가고 있었고, 만계(滿桂) 총병과 우세위(尤世威) 총병도 이미 모두 황성에 도착하자, 황제가 총병들에게 염채(鹽菜: 소금에 절인 채소)·양고기와 술을 가득하게 하사하였다. 황성은 전투하고 수비하는 도구를

다 준비하였는데, 성문마다 훈척대신(勳戚大臣)들이 분담하여 경계하며 지키도록 하고 뒤에 또 내신 협수(內臣協守)를 파견하여 오랑캐가 평정되기를 엿보다가 그대로 제거하도록 하였다. 그리고 방어하는 병장기를 다 갖추지 못한 몇 명의 관리들과 급히 하천을 준설하지 못한 한 명의 관리를 엄중히 처리하였다. 여러 차례 황명을 전하여 포상을 시행하도록 독려하고 재촉하니, 각 방면으로 나아가 장수와 병사들을 구원하고 또 황명을 전달하여 백성들을 진휼하도록 하였다. 황제의 유시(諭示)는 이러하였다.

"짐(朕)이 생각하기에 백성은 나라의 근본이니 근본이 굳건해야 나라가 평안하리로다. 무릇 나의 직할지에 있는 백성들은 모두 조종조(祖宗祖)가 260년 내려오는 동안 조세를 줄여 활력을 찾고 숨 쉬게 함으로써 살고 있는 자들이로다. 최근 오랑캐들이 미쳐서 날뛰며 나의 황성 밖을 쳐들어와 제멋대로 죽여대고 있도다. 준화(遵化) 일대의 백성들이 처음에는 죽게 되어 항복하였지만 곧바로 도륙되었으니, 우리 백성들이 무지몽매하여 위협을 받아 투항했지만 결국에는 온전한 사람이 한 명도 없었도다. 짐(朕)은 마음이 몹시 아프도록 슬프고 가엾게 여겨 한밤중에도 편안치 못하였는데, 짐(朕)이 당일 촌각을 다투어 적을 섬멸하되 따로 불러서 어루만져 위로하고 돌보게 하였도다. 바로 이 황성 100리 안에는 여러 대에 걸쳐 살았던 토착민이나 상인들이 임시로 살았던 집들이 있었으니, 짐(朕)이 진실로 애통함이 언제나 가슴속에 있도다. 지금 독사(督師) 원숭환(袁崇煥)이 정예병을 이끌고 이미 성 밖에 이르렀고, 총병관(總兵官) 만계(滿桂)·후세록(侯世祿)·우세위(尤世威)·장홍공(張鴻功), 순안어사(巡按御史) 해경부(解經付)·곽지종(郭之琮), 화기도사(火器都司) 왕방정(王邦政) 등이 잇따라 구원병을 보내어 차차 가득 모였는데, 적들이 깊숙이 내지(內地: 내륙)에 들어왔으니 항복하거나 목이 잘리는 것이 이미 이때부터였다. 바로 어제 명을 내려 민부(民夫: 관가에서 불러 쓰는 인부)를 배치하여 성첩(城堞)을 지키도록 한 것은 부득이한 뒤에 쓰도록 한 것으로, 이 또한 너희들 본인과 집안에 관련되기 때문이로다. 이미 담당부서[所司]에 칙서(勅書)를 내려 분명히 일깨워 타일렀는데, 뇌물 요구하는 것을 엄히 금하였고, 토벌하는 일이 끝난 뒤에는 모두 부역(賦役)을 면하게 하였도다. 너희 백성들과 상인들은 마땅히 오로지 진정으로 각자 살아갈 방도를 좇아서 영토를 견고히 보존하고 함께 태평을 누려야 하리니, 미친 무리들의 헛소리를 듣고는 놀라 인심을 부추기고 미혹시켜 죄과를 자초하거나 법과 기강을 어기지 말지어다. 도찰원(都察院)은 바로 오성어사(五城御史)에게 방문(榜文)이 보이도록 크게 붙여서 위로하는 유시(諭示)를 알리게 하고는, 유언비어를 선동하여 퍼뜨리느라 생황 불고 북 치듯이 혀를 놀려 많은 사람들을 듣게 하고서 기회를 엿보아 약탈하고 감히 창궐하여 난동을 부리는 자가 있으면 즉시 체포하여 사형을 집행할 수 있게 주청(奏請)하라. 어쩌다가 간사한 역승(驛丞: 역참 관리)의 위협과 회유에 의해 동요되거나 미혹된 자로 혹시 이름이 지명되어 사실에 근거해 자수하면, 자수자의 실정을 알아보고 자수자의 본죄를 면하게 하라. 정양(正陽)·숭문(崇文)·선무(宣武) 세 개의 성문은 여전히 평상시와 같이 통행하면서 해 뜨면 문을 열고 해 지면 문을 닫되, 성안으로 들어온 사람은 수색과 검열을 엄중히 하라. 도망쳐 온 피난민들은 각기 부근의 주현(州縣)에 안착시키고, 황성을 나갈 경우에는 벼슬아치와 가족들을 제외하고서 상인이 화물을 가지고 있으면 그대로 통행을 허가해야 하는데 트집을 잡고 토색질을 하여 혼잡케 하다가 죽음에 이르러서는 안 되느니라. 그 노구(蘆溝) 일대 지방은 순포 영관(巡捕營官)이 인마(人馬) 한 부대씩 거느리고서 주둔하여 도적들을 체포하고

도로를 소통시키는 데만 전념하여 각기 아무런 걱정이 없도록 하라. 백성들이 안도하게 되면, 백성을 돌보아 나라의 근본을 굳건히 한 성의를 칭송할 것이로다. 특별히 유시(諭示)하노라."

황명이 내려지자, 신하와 백성들은 모두 서로 격려하며 분하게 여기지 않는 자가 없었다.

은근히 백성의 괴로움을 잘 살피니	委宛周民隱
온화하게 부자의 정을 베풀었네.	煦煦父子情
설령 완악하고 목석같은 이들 시켜도	縱敎頑木石
또한 스스로 충성과 절개 단련하네.	亦自礪忠貞

이때 북경(北京)에 들어온 구원병은 선대(宣大: 宣府 총병 후세록와 大同 총병 만계의 합칭)와 보정(保定: 총병 왕선) 등 모두 6개의 진(鎭)인데, 성지(聖旨)에서도 관리를 보내어 만계(滿桂) 총병과 독사(督師: 원숭환)가 상의하여 뛰어난 책략을 결정하고 독사가 구원병을 통솔하도록 칙령을 내리니, 병사들과 장수들은 모두 그의 지휘를 받게 되었다. 또한 조사를 기다리던 총병 마세룡(馬世龍)을 총병으로, 어사(御史) 오아형(吳阿衡)을 감군(監軍)으로 기용하였으니, 순무(巡撫)와 협수(協守: 주장을 보좌하는 장수)들을 관리하고, 죽을 끓여 도성의 빈민들을 구제하고, 실제로 도성에 들어온 간첩[奸細]들을 조사해 베어 높은 곳에 매달아 놓고, 상벌 규정을 결단하여 정하였다.

상을 내리는 규정
• 대두목(大頭目) 1명을 사로잡아 벤 자는 은 150냥을 상으로 주고, 상을 원하지 않는 자는 2등급을 승진한다.
• 두목 1명을 사로잡아 벤 자는 은 100냥을 상으로 주고, 상을 원하지 않는

자는 2등급을 승진한다.
• 건장한 달적(韃賊) 1명을 사로잡아 벤 자는 은 50냥을 상으로 주고, 상을 원하지 않는 자는 1등급을 승진한다.
• 유약하거나 어린 달적(韃賊) 1명을 사로잡아 벤 자는 은 30냥을 상으로 주고, 상을 원하지 않는 자는 원래 직급의 반 등급을 승진한다.
• 항복한 장수 장만춘(張萬春) 등을 사로잡아 벤 자는 부두목[次頭目]을 사로잡아 벤 자에게 주는 경우와 똑같이 상을 준다.

벌을 내리는 규정
• 관리와 감생원(監生員: 국자감 생원)을 거느리고 적을 맞이하여 항복한 자는 능지처참하고 온가족을 처참한다.
• 문무의 장수와 관리가 성을 버리고 도주한 자는 참하고 처자식은 유배 보낸다.
• 징발 관원이 지체하며 관망하다가 도피한 자는 참한다.
• 가서 정탐하게 하였으나 부실한 자는 곤장 120대를 치고, 이로 인하여 일을 그르친 자는 참한다.
• 징발하거나 파견하는 업무를 맡아보는 벼슬아치가 지체하여 대처를 그르쳐서 군사 계획을 그르치는데 이르게 한 자는 참한다.

상벌을 엄격히 명확하게 하여 사기를 북돋워 진작시키니, 문무관이 같은 마음으로 적을 방어하지 않는 자가 없었다. 그런데 적의 기세가 심히 대단하여 지나가는 둔보(屯堡: 군사들이 주둔하고 있는 성)가 격파되지 않으면 항복하였는데, 일대를 공략하여 순의(順義)·옥전(玉田)·삼하(三河)·양향(良鄕)·탁주(涿州)·고안(固安)·향하(香河) 등과 같은 지방을 쳐부수었다. 그 가운데 병력으로 막아내지 못할 것을 알았지만 감히 목숨을 아껴 요행으로 죽음을 면하려고 하지 않는 자도 있었는데, 혹은 한 몸을 절개를 위해 죽고 혹은 온 집안이 나라를 위해 목숨을

바치거나 혹은 도적에게 살해를 당하거나 혹은 스스로 목숨을 끊은
자도 있었으니, 지현(知縣) 임광유(任光裕)·당환순(黨還醇)과 전사(典史)
사간(史諫)이다. 이때 할 일이 없었던 산관(散官: 직위는 있고 직무가 없는
관리)도 또한 죽음으로써 나라에 보답한 자가 있었으니, 교관(教官) 안
상달(安上達)·이정표(李廷表)·역승(驛丞) 양기례(楊其禮)이다. 그 나머지
로 고안(固安) 지현(知縣) 유신(劉伸)은 성이 무너지자 인끈을 품속에 감
추고 시체더미 속에 숨어 있다가 요행히 살아났으나 온가족 32명은
모두 살해당하였으며, 옥전(玉田) 지현 양초방(楊初芳)은 성이 무너지
자 적장을 맞이하며 성안의 백성들 모두 머리를 깎게 하였는데 그의
머리털마저도 터럭 하나 남아있지 않았으며, 순의(順義) 지현 조휘중
(趙暉中)은 생원들에게 둘러싸여 나와 투항하였고 한쪽에서는 백성들
이 도망치다 죽거나 귀양 가니 그 참혹함과 악독함이 극에 달하였다.
조정은 임광유와 당환순 두 지현(知縣)에게 광록시시승(光祿寺寺丞)을
추증하고, 교관(教官) 안상달과 이정표에게 조교(助教)를 추증하고, 전
사(典史) 사간과 역승(驛丞) 양기례에게 주부(主薄)를 추증하여 충신들
의 혼을 크게 위로하였다. 반면에 유신(劉伸)과 양초방(楊初芳) 두 지현
(知縣)은 소환하여 심문하고, 조휘중(趙暉中)은 기교(旗校)를 시켜 붙잡
도록 하여 일을 그르친 것에 대해 크게 징계하였다.

충신에게 높은 벼슬이 내려지고	高爵酬忠士
죄지은 신하들은 감옥에 갇히네.	銀鐺逮罪臣
상벌을 시행하는데 관용이 없었으니	政行無假貸
누군들 자신을 바치려 하지 않으랴.	誰不欲忘身

다만 오랑캐를 통제하는 한 수[모문룡 장군]를 잃어버린 것으로 인하
여 충의의 신하와 기내(畿內: 수도의 사방 천리 땅)의 백성들에게 해를

끼치게 되었고, 그래서 성상(聖上)이 밤낮으로 근심하고 조정 신하들이 노심초사한 것은 이루 다 말할 수가 없다. 그런데 그 노추(虜酋)는 사마귀가 앞발을 들어 수레를 막듯이 제멋대로 분수도 모르면서 동시에 직접 궁궐을 침범하려는 생각을 하였으니, 이는 깜짝 놀랄 일로 더욱 경시할 수 없는 일이었다.

모문룡 장군이 올린 상소문에, 산해관(山海關)과 영원(寧遠)은 지키는 것은 가능하나 싸워서는 안 된다고 하였는데, 나는 생각건대 동강(東江)을 포함하여 모두 수세적 국면이라 소굴을 뒤엎고 오랑캐를 무찌르려고 하는 것이 참으로 허황된 소망이라면서 5년 안에 적을 멸하겠다는 것도 또한 빈말에 불과했다. 이에, 견제할 수 있는 군대를 모두 아우르고도 오랑캐가 국경을 넘어 침범하는 것도 정탐하지 못하고 그들을 저지하려 했으니, 어찌 그리도 어리석단 말인가. 만일 황제가 정신을 가다듬고 나랏일에 힘쓰는 것이 아니라면 어찌해야 할지 모르겠지만, 오늘 성이 도륙되고 장수가 죽임을 당한 것은 성상을 밤낮으로 근심케 하고 여러 세대의 황제 무덤을 뒤흔들고 조정에 있던 신하들도 허겁지겁 다니게 만들었으니, 반드시 그 죄를 책임져야 할 자가 있으리라.

한 오랑캐의 곁가지였을 뿐인데, 마치 누르하치와 혼인관계를 맺어 침범하려는 지역이 되는 듯 여기고 마침내 중국에서는 기필코 견제하는 사람을 제거하고자 했으니 달리 이해하지 못할 바이다.

제40회

독사 원숭환은 돌연히 이전의 전공을 잃었고,
섬의 병사들은 모문룡이 남긴 공적을 계승하다.

督師頓喪前功, 島衆克承遺烈.

교묘한 술수로 사람을 얽어매고 | 巧術籠人
천박한 꾀로 나라를 그르치고도 | 淺謀誤國
스스로 특별한 일을 한 양 과시하네. | 自誇奇特
원한이 뼈에 사무쳐 막 잦아드려다가 | 冤骨初沈
바야흐로 무찌르려 하늘 높이 날갯짓하네. | 方剪凌空翼

교활한 오랑캐를 어떻게 견디랴만 | 那堪點虜
철기들이 제멋대로이더니 | 逞鐵騎
변방에서 밀어닥쳐오네. | 邊頭相逼
백이관처럼 겹겹이 난공불락의 요새이니 | 百二重關
진흙 한 덩이로도 봉쇄하거늘 지키지 못했네. | 難把泥丸塞

5년 안에 적을 섬멸하려 했는데 | 五年滅賊
한번 싸움으로 오랑캐를 평정하려 했으니 | 一戰平胡
다만 부질없는 생각이 될 뿐이런가. | 祇是成空憶
가슴에 손을 얹고 스스로 물어보면 | 捫心自問
아마도 몹시 속으로 부끄러우리로다. | 應也多慙色

지난 일은 누가 중대한 실수를 저질렀나 | 往事誰爲鑄錯
한번 죽었다고 직무 수행 못한 죄 벗어나랴. | 一死何逃溺職
다시 동강에서 승전보 날아온다 한들 | 更東江飛捷
더욱 처량한 비통함만 한번 일으킬 뿐이네. | 愈起一番凄惻
이상의 곡조는 《석홍의(惜紅衣)》이다.

공론(公論)은 시간이 흐르면 절로 명백해진다. 그러므로 한때 묻혔던 것이 뒤에 점점 드러나듯이 일시적으로 마음에 들었던 것도 뒷날 도리어 나라를 망치고 몸을 그르치게 되는 것이다. 비록 보복의 순환은 자연의 이치상 필연적이라고 하나, 또한 사람의 계책이 선하지 못하면 남을 해치거나 자신을 해치는 것임을 알아야 할 것이니, 자신의 실책이 다른 사람의 공로가 있음을 더욱 드러내게 한다면, 사람들로 하여금 그가 일을 착수한 것은 보도록 할 수 있겠지만 그가 일을 결말짓는 것은 보지 못할 것이다. 바로 진미공(陳眉公: 陳繼儒)의 말처럼 신룡(神龍)은 머리를 보게 하고 꼬리를 보지 못하도록 한다고 하였으니, 영웅은 결말을 보지 못하게 하여 사람들로 하여금 그를 생각하고 흠모하고 애도하고 소중히 여기도록 한다. 가령 모문룡 장군이 동강(東江)에 있었다면 결국에는 견제하는 공을 거두지 못했을지 아니면 노추(奴酋: 홍타이지)의 침범을 저지하지 못했을지 아직 알 수는 없다. 그러나 노추가 국경을 침범하기에 이르자 (지금까지의 일을) 공으로 여기지 아니하고 반드시 죄가 된다고 여기고서 즉시 그를 죽였는데도 그를 위해 해명해주는 이가 한 사람도 없었다. 해상의 피가 마르기도 전에 노추의 군대가 이미 도착하여 산해관(山海關)과 영원(寧遠)의 방비가 가짜였는지 동강의 견제가 진짜였는지 벌써 알게 될 줄 생각지 못했을 것이다. 게다가 원숭환(袁崇煥)의 군대는 앞에 있고 노추(奴酋: 홍타이지)의 군대는 뒤에 있었으니, 이렇게 보면 오랑캐들을 방어하는 것이 아니라 인도하는 것이었다. 모문룡 장군에 의해 투항한 유애탑(劉愛塔)이 도리어 모문룡 장군이 남긴 1협(協)의 군대를 거느리고 달병(韃兵) 6,7백 명을 베어 죽이며 힘껏 싸우다 전쟁터에서 죽은 것만 못하였다. 모승록(毛承祿)과 진계성(陳繼盛)도 또한 모문룡 장군이 남긴 2협의 군대를 거느리고서 오랑캐의 소굴을 무찌르고 공을 세웠으니, 이때야 어질고 어질지 않음을 족히 알았을 것이다.

그날 독사(督師: 원숭환)가 군대를 이끌고 구원하러 왔다. 11월 13일 오랑캐의 군대가 계주(薊州)에 도착한 뒤에 침범해오자, 독사는 20일 고미점(高米店)에 도착하여 주둔하면서 조천수(祖天壽: 祖大壽) 총병으로 하여금 달적(韃賊)을 정탐하게 하고 그들의 투구와 갑옷 1벌을 획득하여 성상(聖上)에게 바쳤으며, 성상의 명을 받들어 덕승문(德勝門) 밖 대교장(大教場)에 진을 치고 주둔하여 구원하러 온 병마(兵馬)를 통솔하였다. 이날 달병들이 이미 도착하여 곧바로 안정문(安定門)과 덕승문 두 성문을 공격해왔는데, 만계(滿桂) 총병이 그들을 도성 가까이에 오지 못하도록 영문(營門)을 열고서 병사들을 이끌고 적진으로 돌격해 들어가 베어 죽이며 화기(火器)를 마구 쏘아 달병들을 다치게 하였으니 그 수를 셀 수가 없었다. 화포 소리가 멎자마자, 달병들이 또 도착해서 말을 달려 앞으로 나왔다. 만계 총병도 말을 몰아 칼을 휘두르며 대적하다가 왼쪽 다리와 왼쪽 팔에 모두 화살을 맞았지만 한사코 물러나지 않는데, 마침 조천수 총병이 달려와 베어죽이며 성위에서 화포를 쏘고 만계 총병의 화포도 또한 쏘아대어 달병들을 죽이자, 그들은 곧바로 남해자(南海子)와 노구교(蘆溝橋) 등지로 병력을 물렸다. 이 전투에서 만계 총병은 부상을 입었고 조천수 총병은 아들 한 명을 전쟁터에서 잃었는데, 성상은 만계 총병을 옹성(甕城)에 맞아들이고 뜨거운 음식을 하사하여 몸조리를 시켰으며, 조천수(祖天壽: 祖大壽) 총병의 아들에게 음직(蔭職)을 증여하도록 허락하였다.

전장의 핏자국 옷을 붉게 적시고   戰血漬袍紅
오랑캐 평정하려는 의기 웅대했네.   平胡意氣雄
공이 우뚝하니 응당 성상이 총애하고   功高應聖眷

먹을 것 내려주니 은총 융성하여라.　　　　　　　　推食著恩隆

　달병(韃兵)이 병력을 나누어 파견함에 따라 한 부대는 계주(薊州)로
돌아갔지만, 나머지 병력은 여전히 경성과 5, 7리 떨어진 곳에 그대로
진지를 구축하고 주둔하였는데, 쌍방은 종종 서로 싸워서 각기 살상
자가 있었다. 12월에 이르러서 구원병이 대거 모이자, 서로(西虜)의 군
대가 점차 각 현(縣)으로 흩어져 주둔하였다. 6일, 성상(聖上)이 원숭환
(袁崇煥) 독사 및 만계(滿桂) 총병과 관계된 일행들을 불러들이자, 독사
는 이전에 5년 안으로 오랑캐를 멸하겠다고 호언장담하였는데 5년이
비록 되지 않았지만 그래도 오랑캐를 멸한 적이 없는데다 도리어 오랑
캐들이 산해관(山海關)을 침범하는 지경에 이르렀으니, 만약 성상이 문
책한다면 어떻게 대처할 것인가를 스스로 생각하였다. 하물며 도중에
군대를 마음대로 풀어놓아 노략질을 한 데다 적을 방어하지 못하여
물의가 들끓었다. 이 때문에 처벌당할까 염려하여 김 태감(金太監: 金
捷)과 왕 태감(王太監: 王敏政)을 불러와서 자신이 주둔하고 있던 유공
(俞公: 俞大猷) 사당(祠堂) 내에 머물게 하고서야 비로소 도성에 들어가
면서, 또 조천수(祖天壽: 祖大壽) 총병에게 병사 3천 명을 성문 주변에
주둔토록 하였다. 독사가 들어가 알현하려고 평대(平臺)에 이르자 성
상이 기쁜 표정으로 맞았는데, 배알할 때에 친히 손으로 붙들어주고
망의(蟒衣) 1벌과 옥대(玉帶) 1조(條)를 하사하며 앉게 하고는, 그가 병
사들을 독려하여 오랑캐를 가로막으며 싸운 것을 포상하고 그의 군대
가 수고한 것을 위로하면서 그를 동안후(東安侯)에 봉하고 은(銀) 4만
냥을 하사하여 그에게 상으로 주었다. 독사(督師: 원숭환)가 동안후에
봉해지는 것을 여러 번 사양하였다. 그 나머지 각 총병(總兵)들은 성상
(聖上)이 모두 위로하고 포상하자마자, 각자 성 밖으로 나갔다.

이때 도성 안에는 독사를 원망하지 않는 사람이 없었으니 그를 노로 (奴虜: 오랑캐)와 내통했다고 말하였으며, 유식한 사람들도 또한 그가 모문룡 장군을 무고하게 죽여서 오랑캐들이 쳐들어오도록 했다고 말하였다. 각 관리들 중에는 성상이 예우를 너무 융숭하게 한다는 사람도 있었으며, 그가 이렇게 기회를 놓쳐 일을 그르쳤는데도 성상이 도리어 훌륭한 사람으로 그릇되게 안다고 말하는 사람도 있었으며, 오랑캐가 바야흐로 경성에 바싹 다가오는데도 성상이 임시방편으로 허물이 있는 사람을 부리듯 하여서 이후의 효과를 거두고자 하는 것이라고 말하는 사람도 있었으며, 그가 병마를 주둔시키고 있어서 성상도 어쩔 수 없이 용납하는 것이라고 말하는 사람도 있었다. 사람들은 성상이 귀신같은 지혜로 스스로 묘책을 가지고 있음을 알지 못하였으니, 사람들은 모두 예측할 수가 없었다. 당일 독사는 군영(軍營)으로 돌아왔는데, 그가 성상의 은총이 성대한 것을 보고서 자신을 난처하게 할 뜻이 없는 것으로 알고 즉시 두 내감(內監: 환관)을 호송해 도성으로 돌려보내는 한편, 사람을 보내 상으로 받은 은(銀)을 받아오도록 하고 또 제본(題本: 上奏書)을 갖추어 말을 요구하니, 성상이 그로 하여금 내구마(內廐馬: 궁내의 말)를 고르게 하였다.

7일, 그는 혼자 몸으로 도성에 들어오면서 전혀 염려하지 않았는데, 예기치 않게 행차가 동화문(東華門)에 이르렀을 때 어찰(御札)을 가진 전령을 만나니, 이러하였다.

"원숭환(袁崇煥)은 오랑캐를 멸하겠다고 자임했으나, 지금 오랑캐가 곧바로 도성을 침범하여 종사(宗社)를 놀라게 하였도다. 무릇 산해관 (山海關)과 영원(寧遠)의 병사들과 장수들은 짐(朕)이 천하의 재력을 다하여 훈련시켜 양성한 자들로, 관문(關門)에서 멀리 구원하러 도성에 들어와 적을 죽이겠다는 뜻을 세웠도다. 그러나 원숭환(袁崇煥)은 전략

을 마련하지 못하고 나약하게 물러나 스스로를 지켰을 뿐, 적을 불러
들여 사로잡히거나 노략질을 당하여 백성들이 죽고 다친 것을 말하자
면 슬픔과 한스러움을 참을 수가 없도다. 지금 원숭환을 파직하고 체
포하여 구금하라."

내감(內監)이 전한 소문에 의하면, 금의위(錦衣衛)가 곧 지시대로 체
포하여 장차 관대(冠帶)를 벗기고 붙잡아 북진무사(北鎭撫司: 칙명에 의
해 죄수를 다스리는 기관)에 호송할 것이라 하였다. 이것은 천자의 바람
과 천둥 같은 노여움에 의한 결단으로 사람들로 하여금 갈피를 잡을
수 없게 하였다. 독사(督師: 원숭환)는 이때 갑작스런 천둥소리에 미처
귀를 가리지 못한 듯이, 대비할 겨를이 없어 어쩔 수 없이 손을 묶인
채로 감옥에 가야했는데, 그래도 제 스스로 저지른 일로 생긴 재앙이
니 올가미 차고 칼 쓰는 것을 피할 수 없었지만 모문룡 장군처럼 참수
되지는 않았다.

나라는 겹겹의 만리장성에 의지하고　　　　　國倚長城重
젓가락 빌릴 기이한 계책도 없네.　　　　　　謀無借著奇
기린각의 공신 화상 아득하기만 하고　　　　麒麟圖渺矣
감옥에 갇혀 한가로이 세월 보내네.　　　　　犴狴且棲遲

이때 독사는 그들을 이간질할 수도 없었는데, 동추(東酋)가 아직 노
추(奴酋)와 혼인관계를 맺기 전에 그들이 침범해오는 길을 끊어야 했
으며, 또 동강(東江)의 군대를 나서게 할 수 없었으니 그들이 침범하려
는 마음을 저지해야 했으며, 또한 예속 오랑캐들을 끌어 모을 방법이
없었으니 변경 밖에서 잠복하고 그를 기다려야 했으며, 다시 각 진(鎭)
을 회합할 방법을 없었으니 변경 안에서 그들을 공격해야 했는데, 오
랑캐에 의해 대안(大安)·마란(馬蘭)·용정(龍井) 세 개의 관문들이 뚫려

서 이미 아무 거리낌 없이 드나들 수가 있었으며, 또한 준화(遵化)라는 웅진(雄鎭)이 무너진 데다 각각의 작은 현(縣)에는 주둔할 만한 땅이 있고 먹을 식량이 있어서 북적이는 일련의 반역 장수와 백성들이 동쪽에서 공격하고 서쪽에서 약탈하였다. 무너지는 형세가 절정에 달하자, 성지(聖智)로써 정신을 가다듬고 오랑캐를 멸하도록 하면서 만계(滿桂)에게 그의 산해관(山海關)과 영원(寧遠)에 있는 병마(兵馬)들을 독려해 거느리고, 조천수(祖天壽: 祖大壽)·흑운룡(黑雲龍)에게 장수와 병사들을 독려해 이끌고서 한마음으로 적을 죽이는 데에 각 방면의 구원병들을 모두 관리하게 하고, 거듭 마세룡(馬世龍)·시홍모(施弘謨) 등과 회동하여 기이한 계책으로 차단할 담장을 설치해서 오랑캐에게 크게 타격을 입히되, 전부 기회를 보아 형편에 따라 적절히 처리하라고 하였다. 각 장수들은 성상의 유시(諭示)를 좇아 있는 힘을 다하여 방어하고 지키지 않는 자가 없었다.

뜻밖에 만계 장군이 황명을 받들어 성을 지키게 되었는데, 성 아래에 황금빛 휘장에 황금빛 일산을 펼친 팔교(八轎)에 탄 사람이 있는 것을 보고 아복태(阿卜太)인 줄 알고서 마침내 혼자 말을 타고 앞으로 나아가 기습적으로 역추(逆酋)를 베려고 했지만 아복태에게 거의 미치려고 할 찰나 마구 쏟아지는 화살에 저지당하여 더 이상 전진할 수가 없었다. 18일, 제본(題本: 上奏書)을 올리고 군사를 내보내어 대전(大戰)을 치렀으나 적의 군대가 많았기 때문에, 만계(滿桂) 장군은 부상을 당한 몸으로 또 용감하게 앞장섰다가 끝내 전사하기에 이르렀다.

상처 싸매고서 전전하여 싸우며 오랑캐 삼키고　　裹瘡轉鬪欲吞胡
나라에 보답하려는데 한 목숨 죽는 것 꺼리랴.　　報主寧嫌一命徂

혈전을 벌이며 오랑캐 낙담하는 것 이미 보고	血戰已看奴膽落
군대를 옮기어 감히 황도 가까이 못하게 하네.	移兵不敢近皇都

23일에 이르러 신 부장(申副將: 申甫)은 전차(戰車)가 완성되자 출병하여 노구교(蘆溝橋)에 도착하여 밤에 달적(韃賊)를 기습하고 적의 군영에까지 깊숙이 들어갔다가 또한 살해당하였다.

인재로 발탁한 성상의 은혜는 무겁고	甄拔蒙恩重
뛰어난 재주로 오랑캐가 안중에 가볍네.	才奇視虜輕
괴이하게도 때가 맞지 않아서	怪來時不遇
시체들이 쌓여 석교산과 높이가 같네.	屍積石橋平

노추(奴酋: 홍타이지)의 군대는 성상(聖上)의 격려로 인하여 만계(滿桂) 장군과 악전고투하고 신보(申輔: 申甫)의 야습을 받았다. 또 성상의 격려로 인하여 각 요해처에 군대를 배치함이 상세하고 세밀하였는데, 통주(通州) 총병 양조기(楊肇基)를 진수(鎭守)로 삼고 천진(天津) 총병 양국동(楊國棟)을 진수로 삼았으며, 경략(經略)에 상서(尙書: 병부상서) 양정동(梁廷棟)을 등용하고 총병 마세룡(馬世龍)과 협리(協理) 유지륜(劉之倫)이 또한 출병하여 준화(遵化)를 회복하고자 도모하니, 적들은 북으로 돌아가고자 도모하다가 동쪽으로 물러났다. 정월 4일에 오랑캐가 영평(永平) 지방을 습격하여 빼앗으니, 일련의 후안무치 향신(鄕紳: 덕망이 높은 사람)과 수재(秀才: 서생)들이 또 가서 맞이하고 투항했다. 다행히도 총병 조대수(祖大壽: 祖天壽)가 독사(督師) 원숭환(袁崇煥)이 체포된 것으로 인하여 연루될까 두려워 산해관(山海關)에 회군해 있었는데, 성상(聖上)이 위로하고 안심시키는 황명을 전달하여 그의 의심과 우려를 덜어주고 있는 힘을 다하게 하니, 그는 군사들을 독려하여 관문(關門)을 차단하였다.

성상이 또 이문(移文)을 보내어 내각(內閣) 손승종(孫承宗)에게 산해관(山海關)에 가서 진을 치고 저지하게 하였다. 노추(奴酋)의 군대가 나뉘어 무녕(撫寧)을 공격했지만 서현 통판(署縣通判) 요구화(姚九華)에 의해 굳게 지켜졌고, 창려(昌黎)를 공격했지만 지현(知縣) 좌응선(左應選)에게 저항을 받았다. 8일에는 포석(砲石)으로 투항을 권유하러 온 영평의 역도(逆徒)를 따르는 수재 진균민(陳鈞敏)을 쫓아버렸으며, 11일·12일·13일에는 성을 공격해온 적들을 무수히 쳐 죽였고 그들에게 투항한 이응방(李應芳)을 참하였고 녹포(綠袍)에 쇠투구[金盔]를 쓴 추장(酋長) 한 명을 쳐 죽였다. 그리고 다시 손승종 독리(督理)는 군대를 출동시켜 나누어 보내 적을 맞아 천여 명의 머리를 베고 동쪽으로 가지 못하게 하였다. 계진(薊鎭) 총독(總督) 유책(劉策)은 또 부장(副將) 김일관(金日觀)을 보내 병사들을 거느리고 반역 장수 장만춘(張萬春)을 죽여 마란욕(馬蘭峪)·대안구(大安口) 등을 차지하여 또한 오랑캐들이 북쪽으로 돌아가지 못하도록 하니, 서로(西虜)의 세력이 점차 쇠하여졌다. 유독 협리(協理) 유지륜(劉之倫) 시랑(侍郎)만이 정예병을 이끌고 깊숙이 들어가 준화(遵化)를 회복하려 하였다. 뜻밖에도 오랑캐들이 영평(永平)으로부터 병력을 나누어 구원하러 오는 바람에 대전을 치르다가 선봉대가 패하여 죽자, 유지륜 시랑이 낭랑묘(娘娘廟)에서 진을 쳤으나 오랑캐에 의해 포위되었다. 시랑이 적을 꾸짖으며 굴복하지 않다가 머리에 화살 한 대를 맞고 몸은 두 개의 칼에 상처를 입고 죽었다.

궁궐 깊고 깊어 고상한 절조 기르기에 족하고   金馬深沈足養高
임금에게 충성하는데 어찌 분조라도 꺼려하랴.   忠君豈肯惜分曹
전쟁터에서 오랑캐 평정하려는 뜻 이루지 못해   請纓未遂平奴志
뜨거운 피 아직도 비단 관복에서 비린내 나네.   熱血猶腥官錦袍

그러나 끝내 막을 수가 없었다. 성상(聖上)이 변경의 일에 관심을 두고 상을 내릴 적에 그 포상을 지극히 하였는데, 오늘 군자감(軍資監)을 열어 보내주기를 재촉하면 다음날 위로하고 포상하여 무기 및 식량과 마초(馬草)를 모두 부족함이 없게 하고 급히 문무관을 지원하도록 장려하면서도 근왕(勤王)을 태만히 하거나 군사전략을 잘못 이해하고 있는 문무 관리들을 체포하였다. 이를테면 계료 총독(薊遼總督) 유책(劉策)과 장 총병(張總兵: 張士顯)은 일을 그르쳤기 때문에 산서 순무(山西巡撫) 경여기(耿如杞)와 장 총병(張總兵: 張鴻功)은 구원병이 흩어졌기 때문에, 모두 사형에 처했다. 구원병도 감히 주저할 수 없었다. 죽은 유협리(劉協理: 劉之倫) 및 만계(滿桂)·손조수(孫祖壽)·조솔교(趙率敎) 세 총병은 모두 시호(諡號)가 내려지고 음직(蔭職)이 세습되고 사당(祠堂)이 세워졌으며, 그 나머지 장수들과 하급관리들[將官小吏]은 모두 입관(入棺)과 염습(殮襲)을 후하게 하고 시체를 넣은 관의 처자식에게 감합(勘合: 증명서)을 발급해주어 고향으로 돌아갈 수 있게 하였다. 또 순천부윤(順天府尹)이 병사들의 시체를 매장하지 않은 것을 예부(禮部)가 다시 구제하는데 시간이 지체되어 엄한 분부로 문책하니, 어느 충신인들 분발하지 않겠는가. 적도들에게 투항한 관리들은 즉시 처단하고, 아울러 도망하거나 숨었던 관원들도 털끝조차 용서를 하지 않으니, 어느 나약한 자인들 두려워하지 않겠는가. 그래서 관녕(關寧: 산해관과 영원) 총병 조대수(祖大壽: 祖天壽)는 지현(知縣) 좌응선(左應選)과 정월 27일 창려(昌黎)·연하(燕河) 등지에서 전후하여 오랑캐 8천여 명을 참수하였고, 총병 마세룡(馬世龍)은 2월 7일 홍교대첩(洪橋大捷)에서 오랑캐 50여 명을 참수하였고, 총병 조대수가 2월 11일 석조아촌(石槽兒村)에서 오랑캐 23명을 참수하였고, 총병 우세록(尤世祿)이 풍윤(豐潤)에서 오랑캐 12명을 참수하였고, 총병 양조기(楊肇基)가 3월 3일 삼둔진

(三屯鎭)에서 오랑캐 200명을 참수하였고, 총병 조대수(祖大壽: 祖天壽)가 소대(素代)에서 오랑캐 143명을 참수하였다. 홍교(洪橋)에서의 승리로 노추(奴酋: 홍타이지)의 군대가 감히 서쪽으로 쳐들어오지 못하였고, 소대에서의 승리로 노추의 군대가 감히 동쪽으로 돌아가지 못하였다.

한편, 내각(內閣) 손승종(孫承宗)은 요동(遼東)의 군대가 도처에서 많이 이기는데다, 모문룡 장군이 원래 투항자로 불러들인 총동강병 부장(統東江兵副將) 유흥조(劉興祚: 劉愛塔)가 건창(建昌)을 회복하고 한바탕의 싸움에서 오랑캐 580명을 참수하자, 사람이야 비록 전쟁에서 죽었을지언정 그의 군대는 쓸모가 있다는 것을 알았다. 마침 병부(兵部)의 자문(咨文: 공문)에서 동강병(東江兵)을 이동시켜 송금리(松錦里)나 천진(天津)에 주둔시키자는 주장에 대해, 내각 손승종이 산해관(山海關) 밖의 각 도(道)와 의논하며 말했다.

"강동병(江東兵)은 원래 견제하는 군대로 오랑캐 본거지를 공격하기에 매우 편한데다 이제 봄물이 막 불어나 배가 다니기에 매우 이로우운데, 노추의 군대가 군수품을 노략질하다가 모두 소굴로 돌아가려고 하니, 마침 대대적으로 위세를 떨쳐서 소굴로 돌아가려는 오랑캐를 견제하기에 적합하다."

즉시 동강 부총병(東江副總兵) 진계성(陳繼盛)에게 공문을 보내어 기회를 보아 전진하게 하였다. 이때 각 소굴로 가는 경로는 모문룡 장군이 평소에 탐지한 것으로 매우 상세히 알았고, 각 섬의 군사들은 모문룡 장군에 의해 훈련이 잘 되어 있었던 데다, 각 장수들도 기꺼이 모문룡 장군이 이루지 못한 마음을 풀어주고 모문룡 장군이 완수하지 못한 국면을 완수하고자 하였으니, 모두 다 제각기 나아갔다.

진용은 지난 편제로 짜이고　　　　　　　　　　陣結先時制
군사들은 옛 마음 받아들이네.　　　　　　　　　人承夙昔心
건주 가는 길에 창을 비껴들고　　　　　　　　　橫戈建州路
승전보로 그의 유언을 계승하네.　　　　　　　　飛捷嗣遺音

　성지(聖旨)로 동강병(東江兵)을 애석해 하며 또한 각 섬에서 떠도는 험난한 생활을 가련히 여겨 동강향사(東江餉司)를 보내 직접 가서 처리하도록 하였다. 3월 6일에 이르러 조대수(祖大壽: 祖天壽) 총병의 정탐관 하천희(賀天喜)가 깃발로 보고하였으니, 동강의 군대가 이미 오랑캐의 소굴을 다 무찔렀는데 오랑캐의 머리를 참수한 것이 그 수를 헤아릴 수 없다고 하였다. 죽은 제갈량(諸葛亮)이 도리어 산 중달(仲達: 司馬懿)을 달아나게 할 수 있었는데, 만약 모문룡 장군을 죽여 없애지 않았다면 아마 결코 오랑캐가 침범하는 것을 역시 생각할 수 없었을 것이다. 지금 성상(聖上: 崇禎帝 毅宗)은 헤아리지 못할 만큼 지덕(智德)이 높고 문무에 통하지 않는 것이 없어서 정신을 가다듬고 오랑캐를 멸하는데다 조정의 안팎에서 문무의 신하들이 모두 충량(忠良)을 생각하니, 어찌 가볍게 험윤(玁狁)이라는 오랑캐를 치는 것에만 그쳤겠는가. 오랑캐들이 태원진(太原鎭)에 이르렀을 때, 간신히 그들을 변경 밖으로 내쫓는 데만 그치는 것이 아니라 태조(太祖: 朱元璋)·성조(成祖: 朱棣)의 공업을 계승하려 그 소굴을 소탕하고 그들의 뜰을 갈아엎어 밭으로 만들어버리며 반역 오랑캐들을 숙청하였을 것이니, 견제의 공을 말해서 무엇하랴만 견제의 공은 지금까지도 어쩌면 사라지기가 어려울 것이다.

충신을 위해 탄식하고 불평하지 말라　　　　　莫爲忠臣嘆不平
충성 바쳐 오직 안정된 시대 보려하였네.　　　抒忠祇欲見時淸

| 오랑캐 평정하여 생전의 뜻 다하려다가 | 平胡差畢生前志 |
| 순국했으니 죽은 후의 명성 어찌 알리오. | 殉國何知身後名 |

공론은 관 덮은 뒤라야 응당 정할 수 있고	公論蓋棺應可定
충성심 오랜 세월 뒤라야 절로 드러난다네.	丹忱歷久自能明
외려 탄식노니 채색 붓으로 많은 일을 그려	還嗟彩筆爲多事
색칠한 도면에 불후의 명성 전하려는 것이네.	點染圖傳不朽聲

독사(督師: 원숭환)가 체포된 것을 적어서 충혼을 즐겁게 하는 것은 세속적인 보복을 나타내는 것과 같다. 동강병(東江兵)이 오랑캐 소굴을 무찌른 일에 이르러 충성과 지조를 다 바쳐 진실로 저승에 있는 이의 마음을 달래주면서 동강(東江)은 진정으로 결실을 맺은 것이다.

요동(遼東)의 일이 거의 성취되었다가 실패한 것은 네 가지가 있다. 네 방면에서는 지극히 경험이 풍부하고 노련한 장수들과 썩 날래고 용맹스런 병사들이었지만 융통이 없는 데서 망쳤으며, 요동(遼東)과 심양(瀋陽)은 이미 굳게 지킬 지세를 갖추고 있었지만 소홀하여서 패하였으며, 광녕(廣寧)은 불화로 말미암아 패하였으며, 동강(東江)도 마찬가지였다. 생각건대, 백성들에게 응당 이러한 도탄이 생긴다면 천지에 이 요동의 일로써 많은 충절을 드러내어야 하리로다. 그러나 원기를 상하고서는 성스러운 주상을 애태우게 하는 것이 지극할 것이로다.

원문과 주석

遼海丹忠錄 卷八

요해단충록 8

第三十六回 奇間欲踈骨肉 招降竟潰腹心

上戰詘戈矛[1]，戎興自敵國[2]。

巧計離其群，片言剪乃翼。

潰在心腹間，變生肘腋側。

笑彼恃勇夫，爭強唯在力。

兵家有用間一法，其間有五：是鄉間[3]，內間[4]，反間[5]，死間[6]，生間[7]，此間敵之情者也。我以爲離敵之勢，其間有二，無過間其外以伐其交[8]，間其內以携其親。間外伐交，如昔厚埴北關[9]，今日厚款西虜炒花[10]虎憨[11]是了；

1　上戰詘戈矛(상전굴과모)：《荀子》《議兵》의 "옛날에는 무기가 외날 창과 쌍날 창, 활, 화살 뿐이었다. 그런데도 적국은 이것들을 써보기도 전에 굴복해왔다.(古之兵, 戈矛弓矢而已矣. 然而敵國不待試而詘.)"에서 활용한 표현.

2　戎興自敵國(융흥자적국)：《明心寶鑑》《誠心篇》의 "스스로 믿는 자는 남도 또한 자기를 믿어서 吳나라와 越나라와같은 적국 사이라도 형제와 같이 될 수 있고, 스스로를 의심하는 자는 남도 또한 자기를 의심하여 자기 외에는 모두 敵國이 된다.(自信者, 人亦信之, 吳越皆兄弟, 自疑者, 人亦疑之, 身外皆敵國.)"에서 활용한 표현.

3　鄉間(향간)：적국의 백성을 꾀어 쓰는 간첩.

4　內間(내간)：적국의 관리를 매수해 쓰는 간첩.

5　反間(반간)：적국의 첩자를 포섭해 쓰는 아국의 간첩.

6　死間(사간)：거짓 정보를 흘려 적을 혼란스럽게 하기 위해 죽음을 각오하고 적국에 잠입하여 활동하는 간첩.

7　生間(생간)：적국으로 들어가 정보를 가지고 살아 돌아오는 간첩.

8　伐其交(벌기교)：《孫子》《謀攻》의 "병법의 상책은 적의 계략을 깨뜨리고, 그 다음은 적의 연합을 깨뜨리고, 그 다음은 적병을 치는 것이다.(上兵伐謀, 其次伐交, 其次伐兵.)"에서 활용한 표현.

9　北關(북관)：鎮北關이 開原의 북쪽에 있어서 北關이라고 불렸고 廣順關이 진북관보다 남쪽에 위치해 있어서 南關이라고 불렸기 때문에, 명나라는 진북관의 동쪽에 있는 예허부(葉赫部)를 이르는 말.

間內以携其親, 如王撫[12]先時間李永芳[13], 間郎萬言, 間哈都是了。 不知內
中還有一箇可間處。 若論中國立君的法, 是立嫡, 不然立長。 他虜俗乃探
籌[14], 却立了箇四王子。 這大王子・六王子, 他平日各擁强兵, 屢次征討,
昔日弟兄, 今日君臣, 也不免微有不平。 況內中李永芳與大王子交好, 佟
養性[15]與四王子交好, 劉愛塔[16]與六王子交好, 也都各親其親。 況李永芳

---

10 炒花(초화): 抄花, 炒哈, 爪兒圖, 洪巴圖魯, 葉赫巴圖魯, 舒哈克卓哩克圖鴻巴圖爾 등
으로도 표기됨. 명나라 때 蒙古의 內喀爾喀五部의 영주였던 和爾朔齊哈薩爾의 다섯째 아
들이다.

11 虎憨(호감): 虎墩兎憨. 몽골의 39대 릭단 칸(林丹汗, Ligdan Khan, 1592~1634)이
1618년 불교를 장려하여 차하르를 몽골의 불교 중심지로 만들고 자신을 종교적 지도자로
부른 호칭 호토쿠투(呼圖克圖, Hutukutu)를 명나라가 번역한 말.

12 王撫(왕무): 巡撫 王化貞을 가리킴. 王化貞(?~1632)은 명나라 말기의 장군. 문과에
급제하여 進士가 되어 戶部 主事와 右參議 등을 역임하였다. 1621년 遼東巡撫로 임명되어
廣寧의 방위를 맡았다. 1622년 누르하치가 직접 군대를 이끌고 遼河를 건너 西平堡를 공
격해 오자, 왕화정은 孫得功과 祖大壽, 祁秉忠, 劉渠 등의 장수들을 이끌고 후금의 군대를
공격하였다. 하지만 平陽橋(지금의 遼寧 大虎山 일대)에서 벌어진 전투에서 明軍은 거의
전멸에 가까운 큰 패배를 당했다. 손득공과 조대수는 도주하였고, 기병충과 유거는 전사
하였다. 毛文龍의 후방 공격 약속은 지켜지지 않았으며, 內應을 약속했던 李永芳은 오히
려 후금이 廣寧(지금의 遼寧 北鎮)을 손쉽게 점령하도록 도왔다. 자신의 반대를 무릅쓰고
後金을 공격하였다가 전군이 몰살당하는 왕화정의 패배로 熊廷弼은 廣寧을 중심으로 한
요동 방어선을 포기하고 山海關으로 明軍을 퇴각시킬 수밖에 없었다.

13 李永芳(이영방, ?~1634): 누르하치의 무순 공격 당시 투항한 명나라의 장수. 1618년
누르하치가 무순을 공격하자 곧장 후금에 투항하던 당시 명나라 유격이었는데, 누르하치는
투항에 대한 보답으로 그를 三等副將으로 삼고 일곱째아들인 아바타이(阿巴泰, abatai)의
딸과 혼인하게 하였다. 이후 그는 淸河・鐵嶺・遼陽・瀋陽 등지를 함락시킬 때 함께 종군하여
그 공으로 三等總兵官에 제수되었다. 1627년에는 아민(阿敏, amin)이 지휘하는 후금군이
조선을 공격한 정묘호란에도 종군하였는데, 전략 수립 과정에서 아민과 마찰을 빚어 '오랑
캐(蠻奴)'라는 모욕을 당하기도 하였다. 그럼에도 불구하고 그는 佟養性과 함께 투항한
漢人에 대한 누르하치의 우대를 상징하는 인물로 자주 언급되었다.

14 探籌(탐주): 제비를 뽑음. 추첨함.

15 佟養性(동양성): 명나라 말기의 여진인으로 명나라의 관직을 받았으나 이후에 건주여
진으로 투항한 인물. 아버지를 따라 명나라에 투항하여 요동에 정착하였다. 1616년 누르
하치가 後金을 건국하자, 그와 내통하였고 撫順을 함락하는 데 기여하였다. 누르하치가
종실의 여인을 아내로 주었으므로 어푸(額駙, efu) 칭호를 받았고 三等副將에 제수되었
다. 1631년부터 귀순한 漢人에 대한 사무를 전적으로 관장하게 되었고 火器 주조를 감독
한 공으로 암바 장긴(大將軍, amba janggin)이 되었다. 1632년 홍타이지가 차하르(察哈

因勸哈赤莫殺遼人, 佟養性讒他不忘中國, 幾乎殺害, 得大王子力勸, 其妻的哀求, 免得一死；劉愛塔要舉金復蓋三州投降, 事露, 佟養性勸奴兒哈赤[17]殺他, 得六王子・李永芳勸不殺。兩下都與佟養性結仇, 李永芳・劉愛塔, 都是一黨。至此四王子做了憨, 佟養性一發[18]得力, 勢越不相下[19]。先時李永芳中軍鐵信, 原也是毛帥差人結識[20]的, 劉愛塔兄弟劉仁祚, 當日曾來皮島[21]見毛帥, 求免死牌, 毛帥也是厚待的。這兩箇原是毛帥的細作, 大窩家[22]。所以奴酋要來入犯, 李劉兩箇畢竟得知, 鐵信・劉仁祚, 卽着人傳報, 毛帥得以禦避實虛, 屢次有功。後邊厚賄着這兩箇, 勸李永芳與劉愛塔歸國。李永芳道："生負叛逆之名, 死作蠻夷之鬼, 也是不願的。但我

爾, cahar) 몽골을 공격할 때에 심양에 남아 수비하였는데, 이때 병으로 사망하였다.

16 劉愛塔(유애탑): 遼東 漢族 출신인 Aitai를 가리킴. 조선의 기록에는 劉海로 되어 있다. 1605년 후금의 포로가 된 후 영특한 재주로 누르하치의 총애를 받아 다이샨(Daišan, 代善) 휘하 문관으로 활약하였다. 후금이 요동을 점령한 이후 1622년 金州, 復州, 海州, 蓋州 4주를 유애탑에게 맡기고 총관에 임명할 정도로 신임이 두터웠다. 유애탑은 정묘호란 당시 조선과의 맹약에 관여하였으며 조선을 위해 여러 모로 조언도 하였다. 조선의 기록에는 교활하고 재물을 탐하는 자로 되어 있다. 그러나 유애탑은 실상 거짓으로 후금을 따르고 있었고 조선에도 비밀리에 자신이 오랑캐의 휘하에 있으나 마음은 언제나 조국인 명나라에 있다고도 알려왔다. 1628년 유애탑은 이름을 劉興祚로 고치고 3형제와 함께 후금을 탈출하여 椵島로 가서 毛文龍 휘하에 배속된다. 유애탑의 배신에 후금인들은 매우 큰 충격을 받았다고 전해진다. 유애탑은 1630년 후금과의 전투에서 전사한다. 유애탑의 동생은 劉興治, 劉興梁 등이다.

17 奴兒哈赤(노아합적): 누르하치(Nurhachi, 奴爾哈齊, 1559~1626). 여진을 통일하고 1616년 후금을 세워 칸(汗)으로 즉위하였으며, 명나라와의 크고 작은 전쟁에서 여러 번 대승을 거두어 청나라 건국의 초석을 다졌다. 그가 병사한 후 아들 홍타이지가 국호를 대청으로 고치고 청나라 제국을 선포했다. 조선에서 누르하치를 奴酋로 슈르하치(šurgaci, 舒爾哈齊(또는 速兒哈赤), 1564~1611)를 小酋로 불러 두 사람에게 추장이라는 칭호를 붙인 셈이다.

18 一發(일발): 점점. 더욱 더.

19 不相下(불상하): 엇비슷함.

20 結識(결식): 사귐. 친분을 다짐.

21 皮島(피도): 조선에서는 椵島라고 부름. 평안북도 鐵山郡 雲山面에 속하는 섬이다. 모문룡은 雲從島라 부르기도 하였다.

22 窩家(와가): 범법자나 불법 물품을 은닉해 주는 사람.

兩箇在這邊, 是箇虜中大將, 在中國, 不過一箇叛人, 中國要我做甚? 若我
一降, 旣失了勢, 中國要殺我, 囚我, 也隨他了。除非²³毛帥爲我討得一道
免死聖旨, 我纔敢放心, 棄虜歸國。"毛帥差人覆道: "你能舍虜歸降, 反邪
從正, 豈有箇害你之意, 害你, 是絶了歸降門路了。若要請旨, 一露在表
章, 奴酋奸細滿京緝知, 豈不爲你之害!"李永芳與劉愛塔兩箇, 也不敢信,
也不拒絶, 嘗時密審信使往來。到此時, 毛帥又暗差人去對李劉兩箇說,
叫他勸大王子·六王子與中國通款²⁴, 將建州分立, 他兩箇爲王, 就把這節
事, 做他兩箇的歸國奇功。

　　憑將如劍舌, 劈碎並根花。

　　把這事密密寫了, 封在蠟丸²⁵裡, 差人與鐵信·劉仁祚, 厚有金銀贈他兩
箇, 乘空投了書。劉李兩箇不答書, 只說待有機會, 我自有人來報。兩箇
都留心在意, 當大王子·六王子兩箇犯鐵山²⁶與雲從²⁷時, 被毛帥敲去鴨
綠²⁸·烏龍江²⁹冰凌, 拘去船隻, 把他要回不得回。這邊四王子也着急³⁰,
要去救, 不能過江。延了幾時, 擄得朝鮮些船, 回到遼陽³¹。李永芳與劉
愛塔去賀他, 道: "虧得天助, 得回家來。王子冒險遠去, 得來金帛, 也要分

---

23 除非(제비): 다만 ~함으로써만이 비로소.
24 通款(통관): 적과 내통함. 항복함.
25 蠟丸(납환): 밀랍을 동그랗게 뭉쳐 만든 것. 그 속에 서류를 넣어 비밀 통신을 하는데
썼다.
26 鐵山(철산): 평안북도 서쪽 끝에 있는 지명.
27 雲從(운종): 雲從島. 평안북도 鐵山郡 雲山面에 속하는 섬이다. 조선에서는 椵島라고
부르고, 명나라에서는 皮島라 부른다. 모문룡은 雲從島라 불렀다.
28 鴨綠(압록): 鴨綠江. 우리나라와 중국의 동북 지방과 국경을 이루면서 서해로 흘러드
는 강.
29 烏龍江(오룡강): 평안북도 정주시 오룡동에 있는 五龍江의 오기. 오룡동의 동쪽에서
발원하여 장수탄강에 흘러드는 개울이다.
30 着急(착급): 안달함. 안타까워함.
31 遼陽(요양): 중국 遼寧省 중부에 있는 지명.

與四王子, 倘或有些一差二悟[32], 豈不是兩箇王子承當[33]。從今出征, 也是
一箇有禍無功的事業。" 兩箇王子, 也嗔四王子不發救兵, 自己在朝鮮相
殺, 被毛帥兵馬邀截, 也喫些驚, 這一撥也不免心動。後來要寇寧遠[34], 也
只推兵馬, 初戰回來, 還少歇息他。故此只是四王子父子兵殺來, 兩王子
也不來接應[35]。李劉兩箇, 時常乘機打動他, 不消說得。聽得寧遠錦州[36]
不曾得利, 反失了兩箇兒子, 四箇孤山[37] · 三十餘箇牛鹿[38], 李永芳對大王
子道: "當日老憨在建州, 儘自安逸, 後邊得了遼東, 家當大了, 也句列位王
子安身[39]。却不住出軍, 惹得[40]毛文龍來搗巢, 跑得病死。如今袁崇煥[41]

---

32 一差二悟(일차이오): 一差二誤. 한 번 어그러지고 두 번 틀어짐.

33 承當(승당): 책임을 짐.

34 寧遠(영원): 중국 遼寧省 鞍山市에 있는 지명.

35 接應(접응): 지원함.

36 錦州(금주): 중국 遼寧省 서남부의 도시. 瀋陽 남서쪽에 위치하고 있다.

37 孤山(고산): 固山의 오기. 행정 · 군사조직을 여덟 개의 旗[깃발]로 조직하여 다스렸던
청나라 특유의 제도인 八旗制度의 단위. '旗'는 5개의 잘란[甲喇]이 모인 1구사[固山]로
이루어졌다. 잘란은 5개의 니루[牛錄]가 모인 집단이며, 기본단위인 니루는 장정壯丁 300
명이었다.

38 牛鹿(우록): 청대 팔기제의 한 단위인 니루[niru, 牛彔]의 한자 음역어. 니루는 대략
300명의 군사로 구성되었으며, 니루 어전(장긴)[nirui ejen, 牛彔額眞 ; niru janggin,
牛彔章京]이 지휘했다. 이후 니루 어전(장긴)을 한어로 佐領이라 했으므로 니루를 좌령으
로 표기하는 경우도 있었다. 군사 조직에서 가장 하위에 해당하는 제대로서 평상시에는
하나의 사회 조직으로 기능하는 공동체 조직이었다. 5개의 니루로 구성된 상위 부대의
명칭은 잘란[jalan, 甲喇]이었고, 다시 5개의 잘란으로 구성된 부대가 바로 구사[gūsa,
固山] 즉, 旗이다.

39 安身(안신): 거처.

40 惹得(야득): 야기시킴. 불러일으킴.

41 袁崇煥(원숭환, 1584~1630): 明나라 말기의 장군. 1622년 御使 侯恂에게 군사적 재능
을 인정받아 兵部의 職方司 主事가 되었다. 당시 明나라는 王化貞이 이끄는 군대가 후금
에 크게 패하여 만주의 지배권을 후금에 완전히 빼앗겼다. 후금은 遼陽과 廣寧을 점령하
고 山海關을 넘보고 있어 北京도 위기감에 휩싸여 있었다. 이러한 상황에서 袁崇煥은 홀
로 遼東 지역을 정찰하고 돌아와서는 스스로 山海關의 방위를 지원했다. 그는 兵備檢事로
임명되어 山海關으로 파견되었다. 당시 明軍은 山海關의 방어에만 모든 힘을 기울이고
있었다. 하지만 원숭환은 山海關 북쪽에 성을 쌓아야 효과적으로 방어를 할 수 있다고
보고, 寧遠城(지금의 遼寧 興城)을 改築할 것을 조정에 건의했다. 그리고 1623년부터

差人來講和, 便乘勢與他分三岔河[42]爲界, 也可收兵保守家當。却又要王子起兵到鐵山, 幾乎把王子送在烏龍江外, 反又與朝鮮結得海深的怨, 惹了兩箇對頭。却又去惹袁崇煥, 他這番聚起兵糧, 三面齊來, 却也利害, 怎便好收手[43]不收手? 以後只是靜坐, 保守家當的好。" 兩箇雖然撥他, 却不敢把這平分建州的話與他說。

恰好[44]大王子 · 六王子家下[45]六箇人, 被毛帥拿去, 已經起解[46], 毛帥想起要用他, 差人追轉重賞了他, 與他一封書, 叫他送與兩箇王子。大意叫他讓還[47]遼陽, 退回建州, 將建州地方兩箇分管, 還他當日都督官銜, 仍許通貢, 不得黨逆, 自取誅夷[48]。乘四王子在錦寧時, 着他送書與兩箇王子。王子不辨漢字, 請李永芳去解說, 李永芳與他說了。大王子道: "這事怎麼處?" 李永芳道: "論起遼陽, 得來甚是[49]艱難, 豈有讓還之理。只是遼陽一帶, 金帛子女歸了王子, 剩幾箇窮民, 歸了毛文龍, 也只是一片荒地, 要他沒用。況且也屬了四王子, 與王子無干, 就是四王子做了憨, 王子也只是箇臣。不若依他, 仍舊做了都督, 臣服天朝, 守了建州, 丢下遼陽, 聽毛文龍 · 袁崇煥自與他爭, 我却得他年便這些撫賞[50], 又省得興兵動衆, 也

1624년까지 영원성을 10m의 높이로 새로 쌓았고, 포르투갈 상인들에게 구입하여 '紅夷砲'라고 불리는 최신식 대포를 배치하였다. 1626년 누르하치가 遼河를 건너 영원성을 공격해 왔으나, 원숭환은 우월한 화력을 바탕으로 후금의 군대를 물리쳤다. 明은 1618년 이후 후금에게 계속 패전만 거듭해 왔는데 원숭환이 비로소 승리를 거둔 것이다. 이 전투를 '寧遠大捷'이라고 하며, 그 공으로 원숭환은 兵部侍郎 겸 遼東巡撫로 승진하였다. 1627년에는 영원성과 錦州城에서 후금의 太宗 홍타이지[皇太極, 1592~1643]의 공격도 물리쳤는데, 이는 '寧錦大捷'이라고 부른다. 이처럼, 후금의 침략에 맞서 遼東 방어에 공을 세웠지만 1630년 謀反의 누명을 쓰고 처형되었다.

42 三岔河(삼차하): 중국 吉林省 북서단에 있는 강.

43 收手(수수): 손을 뗌. 중지함. 그만둠.

44 恰好(흡호): 마침. 바로.

45 家下(가하): 하인. 노비.

46 起解(기해): 압송함. 호송함.

47 讓還(양환): 물려줌. 양도함.

48 誅夷(주이): 토벌하여 평정함. 모조리 도륙함.

49 甚是(심시): 꽤. 정말.

是一策。但只王子是箇兄弟，怎下得坐視，任他爭鬪之理。”大王子道：“他也下得撇咱在朝鮮來。況我居長[51]，怎做他的部下？”李永芳道：“這王子再與六王子計議。”兩箇計議，又當不得劉愛塔在六王子前攛掇[52]，兩箇就叫李永芳與劉愛塔回書。李劉兩箇，也假推辭[53]說不敢與毛文龍相通，兩王子勉强纔應。

　　書到，毛帥說願讓遼陽，聽毛帥興兵自向四王子取，不來救應，他自退回建州，照舊做都督，進貢討賞。毛帥又書道：“若只退兵不救援，朝廷怎肯就復官，必須做箇內應，除得四王子方可。”兩箇王子，又與李永芳・劉愛塔計議，叫他只管[54]整頓兵馬，盡力去殺四王子。他兩箇自先退回老寨。他勢單弱，畢竟不敵。還留李劉兩箇，各統一支兵，聲言助他，乘機行事[55]。但毛帥信得劉愛塔・李永芳是箇實心要歸降的，還怕兩王子有變。且要征四王子，也須得大兵，却聖上初卽位，掣回鎭臣，便呼吸不應，要得協力。閻總督[56]・王督師[57]，都因人彈劾，都不敢任事，直待袁督師來，他自任五年滅奴[58]。聖上又許接濟[59]糧餉軍需，是箇做得事來的，要思量與他

50　撫賞(무상): 正賞. 京師에 도착한 來朝者 전원에게 신분에 따라 채단과 絹, 紵紗 등을 賜給함을 가리키는 것. 여진의 服屬에 대한 종주국의 返禮를 의미하였는데, 그 외에도 조공한 여진인은 경사의 市街에서 자유로이 私貿易을 행하여 생필품을 구매할 수 있었다.

51　居長(거장): 나이가 위임. 연장자임.

52　攛掇(찬철): 부추김. 꼬드김.

53　推辭(추사): 거절함. 사양함.

54　只管(지관): 주저하지 않고. 마음대로. 얼마든지.

55　行事(행사): 실행함. 대처함.

56　閻總督(염총독): 閻鳴太 또는 閻鳴泰. 直隷 출신으로 1598년 진사가 된 인물. 천계연간의 兵部尙書가 되었으며, 1626년 5월 總督으로서 바다 바깥에 병력을 배치한 것은 적의 배후를 견제하기 위한 목적인데, 모문룡은 오히려 후금에 견제당하는 신세가 되었다며 비판하였다. 숭정연간 유배되어 유배지에서 죽었다.

57　王督師(왕독사): 王之臣을 가리킴. 그는 1628년 5월에 병부상서겸 우부도어사로 독사였던 袁崇煥을 대신해 7월에 督師 겸 요동순무가 되어 寧遠에 주둔한 인물이다.

58　五年滅奴(오년멸노): 1628년 崇禎帝 思宗이 즉위하여 袁崇煥이 다시 병부상서이자 右副都御史로 기용되자, 원숭환은 사종에게 5년 안에 요동을 회복하겠다는 계획을 내세웠고, 사종은 그에게 尙方劍을 내린 것을 일컬음.

商議, 兩路出兵, 共成此事, 也是箇事湊巧, 李永芳早病死了。

> 生爲異域人, 死作異域鬼。
> 有心誰與明, 靑史只遺穢。

永芳, 人多傳他有心中國, 嘗曲全[60]遼人, 嘗止他入寇, 願自拔來歸。又以罪深, 恐自投陷穽, 卒悒鬱[61]死胡地, 世亦等之李陵·衛律[62]。此可見人一念不愼, 使抱慙一生, 遺臭千古。

李永芳死, 大王子處沒了箇幫助[63]的, 劉愛塔也是箇少作爲的, 把這局弄緩了。似此因循, 已到冬底, 毛帥不時有人在鐵信·劉仁祚家來緝探消息。這日鐵信因與箇鄰人哈迷相爭, 他見他家中常藏有來往遼民, 告他窩藏[64]毛帥細作, 四王子大怒, 竟差兵馬趕來, 將鐵信一家幷兩箇毛帥差人都殺了。却不曾問得他口詞[65], 不曾叫搜他甚書札, 家私[66]都爲各韃子搶散, 沒些形影, 故此結連兩箇王子事都不露。只是劉愛塔膽寒了, 怕兄弟藏有遼民, 惹出事來, 忙寫書約毛帥, 道要歸國, 要兵接應。毛帥止他, 要成內應這件事。他怕似金州當日, 被人首發, 執議[67]要來, 道: "若果興兵

---

59 接濟(접제): 구제함. 원조함.
60 曲全(곡전): 자신의 지혜를 숨김으로써 몸을 온전히 보전한다는 뜻.
61 悒鬱(읍울): 우울함. 답답함.
62 李陵衛律(이릉위율): 李陵과 衛律은 모두 漢나라 武帝 때 사람. 李陵이 군사 5천 명을 거느리고 나가 浚稽山에서 單于의 군대 수천 명을 擊殺하였으나 결국 후속 부대의 지원이 없어 匈奴에게 항복하고 말았다. 衛律은 匈奴에게 사신 갔다가 항복한 자로 單于가 衛律을 시켜 蘇武를 설득하게 하자, 衛律이 말하기를 "내가 前日에 漢나라를 저버리고 匈奴에게 귀순하였는데 다행히 큰 은혜를 입어서 王이란 칭호를 얻고 馬畜이 산에 가득하다. 내가 이와 같은 부귀를 누리고 있으니, 그대도 오늘 항복한다면 내일 그렇게 될 것이다." 하니, 蘇武는 衛律을 크게 꾸짖었다.
63 幫助(방조): 도움. 원조.
64 窩藏(와장): 숨김. 은닉함. 감춤.
65 口詞(구사): 口供. 자백. 진술.
66 家私(가사): 家産. 집 재산.
67 執議(집의): 執意의 오기. 자신의 견해를 고집함.

復遼陽, 我做先鋒。 自然大王子·六王子退兵, 決不來敵我的部曲[68], 還來助我成功。" 毛帥只得[69]應了, 差陳繼盛在鎭江[70]接應, 又撥水兵在江口渡他, 又申飭沿途守堡[71]各將, 防他有兵追趕, 防備出兵截殺。 那廝劉愛塔叫兄弟選了一二百匹好馬, 悄悄將家眷上了車, 逕自遼陽奔過靑石嶺, 向甛水站, 一路歸降。 只是人見劉愛塔不奉差遣, 私自[72]出城, 又帶有妻小[73]馬匹, 都有些疑他, 來報四王子。 四王子着人看他住所, 果是奔得一空。 四王子大怒, 叫過一箇牛鹿, 與他精兵三千, 追趕劉愛塔, "若追他不着, 砍你的頭來見我!" 這牛鹿得了令, 帶了三千人馬, 卽刻起身。 往復查訪之間, 劉愛塔已去了一日了, 況且劉愛塔揀選的是好馬, 又防四王子追趕, 趕得路快, 已到鎭江。 陳繼盛接住, 護送他落了船, 渡過江來, 一路馬不停, 來奔毛帥大寨。 毛帥也自率大軍, 排列得軍容好不齊整, 出來受降。 劉愛塔見了, 疾忙下馬, 拜道: "興祚得罪天朝, 全仗都督保全。" 毛帥下馬, 忙扶起道: "足下不忘中國, 輸心來歸, 敢不推心相待, 共成大功!" 就撥房屋與他居住, 送有米糧金帛, 把他箚授箇遊擊, 仍名劉興祚。 兄弟劉仁祚, 箚授守備, 差他單管降夷, 訓練一支夷兵, 衝鋒陷陣[74]。

　　乍脫羶裘[75]域, 還登上將壇。
　　主恩何以報, 願爲斬樓蘭[76]。

---

68 部曲(부곡): 부하 군대.

69 只得(지득): 할 수 없이.

70 鎭江(진강): 鎭江堡. 중국 遼寧省 丹東의 북동쪽에 있는 요새지.

71 守堡(수보): 守堡官. 堡를 지키는 무관. 堡는 흙과 돌로 쌓은 작은 성을 말한다.

72 私自(사자): 제멋대로. 불법적으로.

73 妻小(처소): 아내와 자녀.

74 衝鋒陷陣(충봉함진): 정의로운 일을 위하여 용감히 싸움.

75 羶裘(전구): 북방의 유목민들이 입는 털가죽으로 만든 옷. 여기서는 여진족을 가리킨다.

76 樓蘭(누란): 西域의 國名. 漢武帝 때에 漢나라의 使者가 그곳에 갈 적마다 그들이 사자를 공격하여 죽이곤 하였으므로, 昭帝 때에 이르러서는 駿馬監 傅介子를 보내서 누란의 국왕을 베어 죽임으로써 비로소 그곳을 평정하게 되었다. 李白의 〈塞下曲〉에 "원컨대 허리에 찬 칼을 가지고, 곧장 누란왕을 베 죽였으면.(願將腰下劍, 直爲斬樓蘭.)"이라고

那邊這牛鹿一路不分晝夜追來，莫說[77]拿不着劉愛塔弟兄，便他的家丁[78]，也拿不着一箇。沒奈何[79]，領了這三千鐵騎，一直趕來，沿路嚷要劉愛塔，直奔鐵山。被鐵山守關都司毛永祚，早先預備，到關下時，一陣銃砲，先打他一箇下馬威[80]，仍復督兵殺出，殺得這干韃子，沒命逃走。却又一路撞出兵來，兵少的也只虛聲驚嚇他，兵多的便出兵邀截追殺。這牛鹿趕了幾日，人馬俱疲，不惟不得劉愛塔，反又折了許多人馬。毛帥自得了劉興祚兄弟，將虜中虛實，時時問他，知他弟兄之間，果有不相顧之意，他也把復遼陽做掌中。虜中沒了劉興祚，却又失了一箇將官。毛帥這一間，說離他骨肉，還又計削他羽翼，可也是箇奇間。

關上哈喇之使，只可云窺，不可謂間，以間不能入也。此以劉李爲間，是間于內，大有可成之機，惜乎志之不遂也。意者天不欲掃殘胡歟！

說者曰：“毛帥以此商之督師，欲與共功，督師反欲自專其績，因與虜謀而殺毛帥。”噫，用間者反中間乎！

하였다.

77 莫說(막설): ~는 말할 필요가 없음.

78 家丁(가정): 관원이나 장수에게 소속된 하인이나 사적 무장 조직. 將領에게 소속된 정식 군대 외에 사적 조직으로 만들어진 최측근 친위 정예 부대를 일컫기도 하였다.

79 沒奈何(몰내하): 어쩔 수 없이. 부득이.

80 下馬威(하마위): 첫맛에 본때를 보여줌. 첫 시작부터 호된 맛을 보여줌.

第三十七回 改運道計鎖東江 軫軍民急控登鎮

不械何攻, 非糧何食, 英雄束手應無策。
休言空想勒燕然[1], 脫巾[2]難免三軍泣。

征取窮膏, 轉輸窮力, 中原疲敝還堪惻。
一航禁却不教通, 間關[3]山海無休息。

又

鱗甲蟠胸, 雌黃[4]滿臆, 同舟不解相憐恤。
奇籌浪謂鎖東江, 自孤羽翼衷何愬!

密網潛張, 輕弦暗弋, 殺機[5]隱隱人難測。
生平睚眥喜消除, 短謀終是能妨國。
右調《踏莎行》

東江糧餉, 據毛帥疏, 八年之間, 實收本色[6]一百二十萬八千, 折色[7]一百四十萬一千三百, 是每年費本色一十五萬, 折色一十七萬五千有零[8], 每年

---

1 燕然(연연): 燕然山. 몽고 지방에 있는 산으로, 杭愛山이라고도 불림. 後漢 때 車騎將軍 竇憲이 南單于와 羌胡의 군사들을 거느리고 稽落山에서 北單于와 싸워 크게 승리한 뒤, 그 공적을 기리기 위해 燕然山에 비석을 세웠다.
2 脫巾(탈건): 脫巾之變. 군량이 다 떨어지는 변고. 당나라 德宗 때 關中의 군량 창고가 텅 비자 禁軍이 모자를 벗고 길거리에서 식량을 호소했던 고사에서 나온 말이다.
3 間關(간관): 길이 울퉁불퉁하여 걷기 곤란한 상태.
4 雌黃(자황): 雌黃語. 조정에 대해 시시비비를 가리며 비평하는 말을 뜻함.
5 殺機(살기): 殺意.
6 本色(본색): 조세로서 납부하는 물품.
7 折色(절색): 물품으로 납부하는 조세를 돈으로 환산함.
8 有零(유영): 남짓함. 우수가 붙음.

共費三十二萬五千有餘。以內地言之，每兵每日餉三分，積年該十兩八錢，每萬兵便該銀十萬八千。計東江一年所收，亦不過可養三萬戰士。若海外米糧布帛價增于內地，兵餉應加，則三萬人還不彀。還有參遊守把的廩給[9]口糧[10]，都無從出，真兵部所謂："不過部箚[11]虛御[12]，並未沾國家廩餼[13]。"況與客商[14]對會，客商非利不往，不免十不得八，京省發餉，又有解役侵盜，也曾拿有在京擅行開鞘[15]盜用員役[16]，直是不敷。所幸有在島的屯田，登萊的商販[17]，助他不及，又恃得毛帥恩足感人，威足伏人，有餓死不擄掠的光景，所以不變。不然袁督師將出關時，寧遠為糧餉不繼，殺了畢巡撫[18]，綁了總兵朱梅[19]，若不是袁督師亟出關撫安，未免不挈寧遠降虜。至于軍器，常言道："器械不整，以率予敵。"更自不可缺乏的。

不料督師到關上半年，正月間，也不知是要統一權柄，也不知故難毛帥，向來東江糧餉器具，都從海運。若道海運風濤危險，自覺華[20]至各島，也有風濤；若道是不費省力，登萊走長山皮島，都是水裡。若由關上，不免騾駝車運；若仍由水，自登萊至各島，一水之地；若入覺華，既自登萊北向而入覺華，復自覺南出迤東而入各島，費多少轉折，更有搬駝・收發，益多虧

9　廩給(늠급): 관리들의 녹봉.

10　口糧(구량): 식량.

11　箚(차): 箚付. 공문서의 일종. 상관이 사람을 파견할 때 주어 보내던 공문서이다.

12　虛御(허어): 虛銜. 이름뿐인 직함.

13　廩餼(늠희): 국자감의 학생들에게 주는 食料. 관청에서 공급하는 식량.

14　客商(객상): 한 곳에 정착하지 않고 객지를 오가며 장사하는 상인.

15　鞘(초): 鞘封. 포장해서 봉합한 물건.

16　員役(원역): 벼슬아치 밑에서 일하는 구실아치로 서리의 하나를 이르던 말.

17　商販(상판): 상품을 구입하여 곧 매출하는 상인. 장사꾼.

18　畢巡撫(필순무): 巡撫都御史 畢自肅(1569~1628)을 가리킴. 1628년 寧遠에서 군사반란이 일어났을 때 관아에서 사건을 심리하고 있다가 미처 대응도 해보지 못하고 꽁꽁 묶여 감방에 갇혔다가, 兵備副使 郭廣에 의해 구출되었지만 나중에 자살한 인물이다. 戶部尙書 畢自嚴의 동생이다.

19　朱梅(주매): 명나라 말기의 장수. 호는 海峰. 袁崇煥의 부하였다.

20　覺華(각화): 覺華島. 菊花島라고도 함. 중국 遼寧省 寧遠의 남쪽으로 있는 섬이다.

欠。要禁海不許商賈私自下海[21], 商賈不通, 士卒遼民所有參貂, 委之無用, 布帛米粟, 其價必騰湧, 所得兵餉, 越發不敷。這段議論, 畢竟是驅遼民遼兵, 怯弱的, 饑寒窮困, 塡于溝壑；驅遼民遼兵, 强悍的, 逃亡背叛, 入于奴酋。若說防奸細, 善防奸細, 卽通海禁[22]也無妨, 若不善隄防[23], 說得簡山海關譏察甚詳, 其餘喜峯口[24]‧一片石[25], 那一處不是奸細出入之區!

却要斷他這條路, 明是不欲使他聲息與中國相聞, 使他不得與登撫成臂指[26]之勢, 要使他仰哺[27]于我, 島上之功皆歸關上之功, 所以具一箇區畫東江疏, 要東江糧米器械都從關門起運, 仍嚴海禁, 不許通商。奉聖旨:“毛文龍孤軍海外, 向苦接濟不前, 卿統悉籌劃, 勵志滅奴, 從此料理, 步步向東, 毛文龍照應, 步步向西。進取方規, 面加商議, 果確有勝着, 朕何難有百萬之餉。文龍但矢圖實效, 勿顧浮言, 卿亦宜推誠共濟, 務收成績。登萊申嚴海禁, 及設餉司[28]轉運。該部速行酌妥具覆。”隨經部覆[29], 把東江錢糧器用, 俱從關門起運, 登萊各項商賈, 不許入海, 各島差遣, 都由關門, 不得擅入登萊。

齊地[30]楡關[31]道路遙, 却閑畫舫爭征貊。

---

21 下海(하해): 바다에 나감. 배를 띄움. 장사에 뛰어듦.

22 海禁(해금): 중국에서 해상의 교통‧무역‧어업 등에 대하여 행해졌던 금지제도.

23 隄防(제방): 提防. 방비함.

24 喜峯口(희봉구): 중국 河北省 遷西縣 북구 연산산맥 중단에 위치한 곳. 만리장성의 중요 관문 중의 하나이다.

25 一片石(일편석): 중국 河北省 撫寧縣 동북의 九門口村에 위치함. 河北省과 遼寧省의 경계 지점이다.

26 臂指(비지): 마음대로 할 수 있음을 가리키는 말. 한나라 賈誼의 〈治安策〉에 “천하의 모든 세력들로 하여금 몸이 팔을 부리듯, 팔이 손가락을 부리듯 따르지 않음이 없도록 해야 한다.(令海內之勁如身之使臂, 臂之使指, 莫不制從.)”고 나오는 말이다.

27 仰哺(앙포): 먹여주기를 우러름.

28 餉司(향사): 군수품을 맡아보던 관아.

29 覆(복): 覆奏. 보내온 공문을 검토하여 임금에게 아룀.

30 齊地(제지): 중국 山東省의 동북부 지역.

軍民枵腹言愁切, 何事暌眚未肯消。

此時一邊旨下, 人已報入登萊, 登萊守巡[32], 俱于海口, 嚴立禁牌[33], 這些商賈, 自然不去, 島中漸也有無不相通。常言道: "寧可沒了有, 不可有了沒." 各島自通商, 也稍饒裕。到此不免惶惶。況且又聞得糧餉器械, 改運在關門轉給[34], 道路紆遠, 愈恐耽延時日, 不能接濟, 一齊申文[35]到毛帥府中。毛帥也在那廂籌度這件事, 道: "商賈不通, 還靠得箇登萊發運及時; 糧餉不足, 還靠得一箇客商可以那借[36]。今糧又改了運道, 商又不通, 豈不坐斃! 若我今日不爲料理, 必致使軍民窮餒而死, 是誤了生民; 若民情不堪[37], 或有變故, 畢竟還誤在國事." 各島洶洶, 要他具題[38]仍舊[39], 他只得移文[40]督師, 備言[41]自登萊發運, 及通商之利, 自關門發, 道里迂遠, 必至勞民傷財, 耽延時日。又具本題[42]請, 旨一時未下, 各島又偏來, 催取糧草, 催取器械, 月無虛日, 遼民乏食, 也都向毛帥號哭控訴[43]。毛帥此時心上甚是不忍, 道: "若是文龍無功, 得罪于聖上, 若骯髒[44]得罪于當事, 殺文龍一身足矣, 何苦及兵民!" 也便淚下, 想道: '我今去求督師, 他一時意見, 豈

31 楡關(유관): 중국 河北省 臨楡縣에 있는 山海關의 별칭. 渝關이라고도 한다.
32 守巡(수순): 守巡道. 명나라 때 설치한 지방관. 관내의 안녕 질서를 유지하는 것이 주된 임무이었다.
33 禁牌(금패): 看守.
34 轉給(전급): 넘겨줌.
35 申文(신문): 청원하는 문서.
36 那借(나차): 挪借. 차용함. 돌려씀. 잠시 빌림.
37 不堪(불감): 몹시 나쁨. 견딜 수 없음.
38 具題(구제): 題本을 上奏함.
39 仍舊(잉구): 예전대로. 이전대로. 여전히.
40 移文(이문): 관아 사이에 주고받던 공문.
41 備言(비언): 자세히 말함.
42 本題(본제): 題本의 오기.
43 控訴(공소): 고소함. 고발함. 죄상을 성토함.
44 骯髒(항장): 고결한 지조를 지키며 강직하게 맞서는 사람을 말함.

有自結自解之理, 不若且向登萊, 謁見守巡, 一來催他舊欠[45]糧草, 以濟目
前不及；二來見他備說關門之運, 殊爲不便, 要他代題, 也是一策.' 因帶了
十號大海船, 逕向登萊進發, 不一日來到皇城島。

轸念[46]軍民聲欲吞, 海隅何路叩天閽[47]。
樓船[48]直指登萊地, 要借人言達至尊。

正是四月初十日, 海上是汛期, 海邊瞭哨, 見大船十餘, 都有旗號刀鎗,
怕是賊船, 且又邊上又傳奴酋得高麗海船四百隻, 希圖入犯, 怕是奴酋兵
船, 忙報入總兵府‧海道[49]。總兵與海道, 傳有令旗[50]令箭[51], 着各船整飭
器械, 都排在海口, 府縣官分付閉了城門, 還又着人打聽是何船隻。哨探
的擇了一隻小船, 遠又看不分明, 近又不敢, 正在兩難, 忽然船上一箇旗
牌[52]叫:"南兵過來, 是毛爺兵船." 哨探的纔敢過去, 喚進艙中。叩見毛帥,
毛帥道:"我此來爲糧務, 可與兵爺講, 我要相見." 賞了探哨的。探哨的回
報, 城中都已放心, 却沒人敢去。止有王海道, 他曾查核[53]各島兵馬, 在皮
島與毛帥相見, 便分付駕船出海相見。

次日, 王海道出洋時, 毛帥船已移近廟島來了。兩下相見, 略敍濶悰[54],
毛帥甚言:"各島軍民絕糧兩月, 今督師改了運道, 登萊既已絕運, 關門又

---

45 舊欠(구흠): 신규 징수의 상대어로, 이전의 징수를 의미함.
46 轸念(진념): 임금이 아랫사람의 사정을 돌보아 생각함.
47 天閽(천혼): 제왕의 궁궐문. 대궐을 뜻한다.
48 樓船(누선): 망루가 있는 큰 배.
49 海道(해도): 海道副使인 듯. 병진을 순문하는 어사이다. 완전한 명칭은 提刑按察使
司巡視海道副使인데, 巡察海道副使 또는 巡視海道 등으로 일컬어지기도 한다.
50 令旗(영기): 軍令을 내릴 때 쓰던 작은 깃발.
51 令箭(영전): 軍中에서 명령 전달의 증거로 사용한 화살 모양의 手旗.
52 旗牌(기패): 旗牌官. 명령의 전달을 담당한 武官.
53 查核(사핵): 조사 확인함. 대조 검토함.
54 濶悰(활종): 闊悰. 오래 헤어졌다가 만나서 생긴 기쁨.

未得來。似此怎好? 意有登萊舊欠糧餉, 略少給發, 以支各兵。目下待本
鎭自赴京面奏聖上, 與戶兵二部參酌, 仍復運道通海禁, 庶不致匱乏, 可收
滅賊之功。”王海道道: “登萊向缺餉, 委因[55]災荒, 更値白蓮敎[56]兵擾。百
姓拖欠[57]不完, 所以不得解全, 原非該府有而不解。至于面君一說, 大人
遼海長城, 豈可一日輕離島上? 倘奴賊聞知, 傾兵犯島, 脫有所失, 爲罪不
小。且督師連有奏疏, 要至旅順[58]與大人相會, 商榷[59]滅奴事宜, 不若在此
酌議。想督師矢心爲國, 必無堅執, 豈因一運道, 至有不從?”毛帥道: “文
龍迫于[60]軍民之號呼待斃, 不得已欲爲群生請命。旣承明敎, 文龍只得靜
聽督師酌議。至于改運道一事, 實是不便, 譬如貴轄航海極便, 豈可捨舟
就陸, 遠至關門? 關門又添一東江之轉運, 是關門不疲于虜, 疲于東江了。”
王海道亦首肯, 兩邊送別了。

　　一腔忠憤無(天)由達, 却向相知話夙心[61]。

　　王海道卽行府取銀一千兩, 作爲舊餉, 以濟少時, 又送些禮儀。毛帥隨
開船回島, 只要待督師相會日, 明言運海之便, 要他仍舊還又約束海上各
島軍士, 不得訛言[62]炫亂軍心。果然督師因題本會議, 將軍中事務, 暫令
趙總兵[63]與王巡道管理, 自五月十二日出海, 望旅順而來, 這廂毛帥也帶

---

55 委因(위인): 정말 ~ 때문에.
56 白蓮敎(백련교): 南宋의 초엽에 慈照子元이 제창한 종교적 비밀 결사. 元·明·淸 대에
민간에서 유행하였으며, 농민 봉기는 여러 차례 백련교의 이름을 빌어 일어났다.
57 拖欠(타흠): 빚을 질질 끌며 갚지 않음.
58 旅順(여순): 중국 遼寧省 요동반도의 남서단에 있는 항구도시.
59 商榷(상각): 협의 검토함. 상의함.
60 迫于(박우): 에 쫓기어. 때문에 할 수 없이.
61 夙心(숙심): 오랫동안 마음에 품어온 뜻.
62 訛言(와언): 헛소리. 헛소문.
63 趙總兵(조총병): 趙率敎(1569~1629)를 가리킴. 명나라 말기 將領. 總兵, 左都督, 平遼
將軍을 지냈다. 袁崇煥의 부하 장수였다.

兵船, 直到寧遠相接[64]。

禁海與改運道, 委是[65]不妥, 創議者豈不知之, 特借此以鉤之至耳。至登萊之來, 得千金而卽去, 咆哮跋扈者固如是乎? 甚知市虎[66]之易成也。

改運道已伏殺機, 謂同謀而殺之, 恐非誣也。

---

64 相接(상접): 영접함.

65 委是(위시): 確是. 확실히.

66 市虎(시호): 市虎三傳. 당치 않는 말도 여러 번 듣게 되면 곧이듣게 됨. 저잣거리에 호랑이가 나타났다고 세 사람이 말하면 모든 사람이 믿게 된다.(三傳市虎人皆信.)에서 나온 말이다.

第三十八回 雙島屠忠有恨 東江牽制無人

敵未亡兮弓已藏，令人揮淚顧蒼蒼。

驅除未竟英雄志，蔑菲[1]猶汗烈士腸。

自壞長城嗟道濟[2]，變生繞柱[3]駭秦王。

素車白馬[4]東溟上，一派雄心未易降。

　　人生自古誰無死，宛轉牀蓐，痛楚不勝，又是一干女哭兒啼，撓亂方寸[5]，倒不如[6]一刀兩斷[7]，何等爽快，何等決絕[8]！但這箇死于陣上，是一刀一鎗事業，也必竟砍得他幾人；縱不然爲他拿去，痛罵他一番，斷頭刎頸，却也轟烈[9]。惱是死于忌者之手，孤忠不顯，却負惡名，這便是海潮雷動，猶作不平之鳴；急浪花飛，尚酒孤臣之泣。啜其泣矣，嗟何及矣[10]，欲起其人于

1　蔑菲(처비): 蔑斐. 남의 중상하고 모략하는 일. 《詩經》〈巷伯〉의 "알록달록 뒤섞어 조개비 무늬의 비단을 이루네. 저 남을 참소하는 자여, 또한 너무 심하도다.(蔑兮斐兮, 成是貝錦. 彼譖人者, 亦已太甚.)"에서 나온다.

2　道濟(도제): 南朝 宋나라 명장 檀道濟. 그가 누차 戰功을 세웠으나 시기를 받아 억울하게 죽을 때에 "이제는 또 너희들의 만리장성을 무너뜨리려 하는구나.(乃復壞汝萬里之長城.)"라고 말한바 있다.

3　變生繞柱(변생요주): 전국시대의 자객 荊軻가 연나라 태자 丹의 부탁을 받고 秦王을 죽이려고 하였으나 실패하였는데, 《戰國策》에 "형가가 진왕을 뒤쫓으니, 진왕은 기둥을 돌며 도망다녔다.(荊軻逐秦王, 秦王還柱而走.)"라고 한데서 나온 말.

4　素車白馬(소거백마): 喪을 당한 사람의 복식. 죽을 것을 안다는 뜻이다.

5　方寸(방촌): 사방 한 치의 넓이. 사람의 마음을 일컫기도 한다.

6　倒不如(도불여): 오히려 ~보다 못함.

7　一刀兩斷(일도양단): 한 칼에 두 동강이를 냄. 단호하게 관계를 끊음.

8　決絕(결절): 관계를 끊음. (태도 따위가) 단호함.

9　轟烈(굉렬): 몹시 사납고 세참.

10　啜其泣矣, 嗟何及矣(철기읍의, 차하급의): 《詩經》〈中谷有蓷〉에 나오는 구절. 부부의

九原[11], 支半壁[12]之天下, 而其人已矣, 骨已朽矣, 不亦深可痛哉!

　毛帥心知爲國, 絶沒箇猜嫌顧慮肚腸, 一聞督師奉旨會議, 就駕着船直至寧遠。不料督師已自五月十二日起身[13], 二十三日龍武后營都司金鼎卿, 帶領兵馬迎接。督師着船中相見, 傍坐, 賜了酒飯。二十四日, 將來迎接東江兵, 都每人賞米二斗。二十五日, 北汛口開船, 出大王山, 雙中島住了一日。二十七日, 登州遊擊尹繼何, 帶水兵來迎接。二十八日, 從松木島·大小黑山·蛇島·蝦蟆島, 復宿雙島, 旅順遊擊毛承義來迎接。二十九日, 毛帥自寧遠纔到。初一日, 兩下相見, 交拜了, 毛帥送下馬飯[14], 督師就留在船中同飯了, 毛帥謙遜坐在側, 飯後辭出。督師也隨來拜望[15], 兩箇坐了, 督師道: "如今遼東海外, 只本部院與貴鎭二人, 務須同心共濟, 以結此局。本部院不避艱險到此, 要與貴鎭商略一箇進取之計, 國家大事, 在此一擧[16]." 毛帥道: "文龍在海外八年, 也建有功績, 苦乏器械馬匹, 不得遂滅奴之志。若得推心應付, 自當竭力, 以收滅奴之功." 毛帥辭別回船。傍晚毛帥, 設帳房在崖上, 大陳水陸, 款待督師, 督師也欣然相接, 始初還坐席隔遠, 到後邊督師叫移卓相近。督師又開懷暢飮[17], 附耳細說, 極其歡洽, 到二更各回了帳房。

　歡情浹洽醉顔酡, 笑裡吳鈎[18]幾次磨。

정이 날로 쇠해져서 흉년에 기근이 들자 서로 버리는 내용이다.

11 九原(구원): 黃泉.

12 半壁(반벽): 半壁江山. 외적의 침입으로 인해 국토의 절반 정도를 빼앗기고 반만 남은 것을 가리키는 말.

13 起身(기신): 몸을 일으킴. 출발함.

14 下馬飯(하마반): 처음 도착한 손님을 위한 연회장.

15 拜望(배망): 찾아가 만남.

16 在此一擧(재차일거): 이 한 판에 달려 있음. 단 한 번의 거사로 흥하거나 망하거나 끝장을 낸다는 말이다.

17 暢飮(통음): 통쾌하게 술을 마심.

18 吳鈎(오구): 갈고리 모양으로 휘어진 兵器. 춘추시대 吳나라 사람이 이를 잘 만들었기 때문에 오구라고 일컫는데, 후에는 허리에 차는 예리한 검을 뜻하는 말로 쓰인다.

自是將軍疎知略, 行看刷翅入置羅。

初二日, 兩人又相見, 督師將毛帥夷丁人[19]各賞他銀一兩, 米一石, 布一
疋, 把小惠[20]收拾他人心。兩箇又喫酒到三更。初三, 兩箇都是便服, 在島
上閑玩, 也喫酒至晚。莫說毛帥自家沒了忌嫌, 連帳下人也說他兩箇相好
得極, 也不來顧他了。總是[21]毛帥雖有機略, 却終是武人, 見督師一來, 也
無大經緯[22], 不過看視海島與犒賞士卒, 一番區畫東江, 不過是分他部下爲
四恊[23]。毛帥居中運掉, 這叫營制, 毛帥也不知他暗中心, 也無不依從。酒
後, 毛帥自回, 督師却喚副將汪翥‧汪敍兩箇進去, 密語到一更纔出來。初
四日, 又大賞東江將士, 晚間又喚王旗鼓‧傅旗鼓‧王副將‧謝參將, 進去
相見。初五日, 督師傳令, 着王旗鼓‧傅旗鼓, 將帶來銀十萬, 交與東江將
士, 把他將士調開[24]了。叫王副將‧謝參將率兵登岸擺圍比箭。適毛帥進
來, 請問回寧遠日期, 督師道:“只在明日。”就留毛帥同看射箭。督師又道:
“明日行急, 不能面謝了。國家海外重寄[25], 全仗貴鎮, 本部院合有一拜!”
拜罷, 督師邀毛帥帳房中飲酒, 叫各營兵分到四面擺圍去。王副將‧謝參
將已受了密計, 把兵一擺, 早將毛帥隨來將官家丁截出了圍外了。

督師一看, 傍邊不大有毛帥的人, 這邊兩箇都司趙不忮‧何鱗圖, 一箇
旗鼓官張國柄, 緊緊帶有督師家丁, 站在帳前。督師又叫張國柄送酒與毛
帥, 張國柄就站在毛帥席邊。督師却假帶着酒道:“本部院節制[26]四鎮, 淸
嚴海禁, 實恐天津登萊受心腹之患。今設立一箇東江餉司[27], 錢糧由寧遠

---

19 丁人(정인): 壯丁. 건장한 남자.
20 小惠(소혜): 사람을 꾀기 위하여 베푸는 작은 선심.
21 總是(총시): 결국. 반드시.
22 經緯(경위): 계획. 계책.
23 恊(협): 協. 명청시대의 군제편제 단위로서 오늘날의 여단에 해당함. 청말의 신군제에
   의하면 3營이 1標, 2표가 1協이었다.
24 調開(조개): 擺開. 調移支開. 이탈함. 딴 데로 돌림.
25 重寄(중기): 무거운 책임을 지우는 부탁. 중대한 부탁.
26 節制(절제): 지휘 통솔함. 통제 관할함.

達東江亦便。昨與貴鎭相商, 怎必欲解銀自往登萊買糴?"毛帥道: "本鎭誠恐路迂, 接濟不時, 且更勞民, 故不若登萊爲便。"督師道: "本部院欲分旅順東西節制, 這却未爲不可。"毛帥道: "節制一分東西, 不無推諉[28], 總之同心合力, 何難佐督師奏五年之功。" 督師道: "難道[29]我區處[30]都不是的!"毛帥道: "文龍亦不敢堅執己意, 只圖爲國計便利耳。"督師道: "難道我不爲國! 你冒功[31]冒餉[32], 說謊[33]欺君, 我不處你, 你敢來抗我麼?"毛帥道: "督師若以我爲冒功, 寧遠數戰, 何不也殺取幾箇韃子獻功? 若說冒餉, 日昨督師安慰東江將官道: '寧前[34]官有許多俸, 兵有許多糧, 尙不足飽。' 各將士海外勞苦, 只得米一斛, 還要養家。是東江常苦不足, 還有得冒? 也並無甚說謊欺君。" 督師道: "還敢强辯, 我就把上方劍[35]斬取你的頭!"毛帥也只道他使酒, 全不在意, 又道: "我有功無罪。"只見督師把張國柄一看, 張國柄靴中取出刀來, 便把毛帥劈頭一刀, 毛帥道: "你不奉旨, 敢害我!"側邊趙不忮·何鱗圖轉過來, 搠上兩刀, 早已氣絶。時年五十三歲。毛帥手下親丁[36]有八九名, 跑過來救應, 帳前趙都司帶有百餘人, 都一齊動手殺訖。

八載艱辛固海東, 神謀所向着奇功。
旗騫夜月强胡縛, 馬蹴春冰醜虜空。

---

27 餉司(향사): 군량에 관계되는 일을 맡아보는 관아.

28 推諉(추위): 남에게 미룸. 전가함. 떠넘김.

29 難道(난도): 그래 ~란 말인가.

30 區處(구처): 처리함. 방법. 수단.

31 冒功(모공): 남의 공로를 제 것으로 함.

32 冒餉(모향): 사병의 급료를 가로챔. 부대 정원보다 적은 인원을 받고, 부대 정원의 급료를 타서 그 나머지를 착복하는 것을 말한다.

33 說謊(설황): 거짓말함.

34 寧前(영전): 寧前道. 錦州, 松山, 杏山, 右屯, 大小凌河 등을 포함하는 지역.

35 上方劍(상방검): 尙方劍의 오기. 임금의 칼을 일컫는 말. 원래 중국 尙方署에서 제작한 황제 전용 寶劍으로, 황제가 全權을 맡긴다는 표시로 大臣에게 하사하였다.

36 親丁(친정): 신임하는 家丁. 측근가정.

百萬黔黎歌德盛, 千群鐵騎泣恩隆。
可堪功大還招忌。血洒平原野草中。

又

櫛沐[37]闢荒墟, 遺民樂有居。
忍饑朝扼吭, 披月夜乘虛。

下士歌吳起[38], 含冤泣伍胥[39]。
九原難再作, 憂國一歔欷。

督師叫張國柄傳令, 道: "奉聖旨, 毛文龍冒功冒賞, 跋扈不臣[40], 罪在不赦, 已經[41]部院以賜劍斬首。其餘將士, 不戮一人, 不得訛言取罪。" 其時擺圍將士, 聞了一驚, 東江兵士, 洶洶的憤怒, 當不得現在的兵士, 止一千八百員名。督師預分付汪副將 · 謝副將等, 整肅兵有萬許, 又都作準備,

---

37 櫛沐(즐목): 櫛風沐雨. 바람으로 빗질하고 빗물로 몸을 씻는다는 뜻. 긴 세월을 객지에서 떠돌며 온갖 고생을 다하며 일에 골몰함을 이르는 말이다. 중국 舜임금 시절 禹가 治水 사업을 하며 고생하던 일에서 생긴 고사이다.

38 吳起(오기): 魏나라 장수. 병법에 밝았다. 전국시대 魏나라 武侯가 배를 타고 西河의 中流를 내려가다가 오기를 돌아보고는, 산천이 險固한 것이야말로 위나라의 보배라고 자랑하자, 오기가 "사람의 덕에 달려 있지, 산천의 험고함에 있는 것이 아니다. 만약 임금님이 덕을 닦지 않으면 이 배 안에 있는 사람들 모두가 적국의 사람이 될 것이다.(在德不在險. 若君不修德, 舟中之人盡爲敵國也.)"라고 대답한 고사가 전한다.

39 伍胥(오서): 吳나라의 명장인 伍子胥를 가리킨다. 본디 초나라 사람인데, 초나라의 平王이 그의 아버지와 형을 살해하자 오나라로 도망가서 吳王 闔廬를 도와 초나라를 정벌하여 초나라의 수도인 郢에 들어가 부형의 원수를 갚았으며, 합려의 뒤를 이어 夫差가 즉위하자 越나라를 정벌하여 크게 격파하였다. 월왕 句踐이 강화를 요청하자 오자서가 이에 반대하였으나 부차가 허락하였다. 그 뒤 부차는 다른 사람의 참소를 믿고서 오자서에게 검을 하사하여 자결하게 하였다가 끝내 월나라에 의해 멸망당하였다.

40 跋扈不臣(발호불신): 제멋대로 날뛰며 신하의 도리를 지키지 않음.

41 已經(이경): 이미. 벌써.

弓上絃, 刀出鞘[42], 把督師帳房環得鐵桶一般。遊擊尹繼何又已奉令, 備有座船[43]二十隻, 在島下以備緩急, 東江兵士, 也無可奈何, 强的把器械來撤去, 喧嚷道: "似這樣大功, 怎將來屈害了!" 弱的也流淚道: "毛爺這樣一箇好人, 赤心爲國, 不得令終[44]!" 有幾箇將官, 眞道是奉旨, 又怕督師兵威, 也只嘆功高見忌, 無罪遭誅罷了。督師又分付: "原以東江兵分四恊, 一恊用副總兵毛承祿, 一恊用旗鼓徐敷奏, 一恊用降將遊擊劉興祚, 一恊用副將陳繼盛分領。東江事務, 着陳繼盛暫管, 俟各恊中有立功的, 卽將毛帥所掌印題授[45]。東江兵士一千八百名, 各賞銀三兩, 其餘在島兵, 卽將所帶銀十萬兩, 分四恊給賞, 也各三兩。其毛姓家丁, 聽他復姓, 不必憂疑。分差各官, 前往安撫各島軍民。" 又分付毛帥尸首, 着他親人自備上好棺木收斂。

督師自赴寧遠, 先具一箇本, 是恭報島帥逆形昭著, 機不容失, 便宜[46]正法[47], 董席藁待罪, 仰聽聖裁事, 疏陳[48]他專恣不受經撫[49]節制, 欺君章疏[50], 大逆不道[51], 侵盜糧餉, 開市私通外夷, 褻越[52]名器[53], 劫掠商人, 好色誨淫, 草菅民命[54], 不恤遼民, 交結近待[55], 鐵山詭敗爲功, 坐視養寇, 共十

---

42 弓上絃, 刀出鞘(궁상현, 도출초): 弓上弦, 刀出鞘. 활시위를 당김은 사격을 하기 위함이요, 칼집에서 칼을 빼는 것은 목숨을 걸고 싸우기 위함이라는 뜻.

43 座船(좌선): 사령선. 지휘관이 타고 있는 배.

44 令終(영종): 끝을 마무리함. 제명대로 살다가 편안히 죽음.

45 題授(제수): 임명을 허가함.

46 便宜(편의): 재량권을 위임받아 형편에 따라 처리함. 임금의 지시 없이 임의적으로 처리한 것을 말한다.

47 正法(정법): 사형을 집행함.

48 疏陳(소진): 조리 있게 진술함.

49 經撫(경무): 명나라 관원인 經略과 巡撫를 함께 일컫는 말.

50 章疏(장소): 신하가 임금에게 상소하는 글.

51 大逆不道(대역부도): 임금이나 나라에 큰 죄를 지어 도리에 크게 어긋남.

52 褻越(설월): 지나치게 더럽힘.

53 名器(명기): 尊卑貴賤의 등급을 표시하는 관직과 작위를 말함. 곧 朝廷의 爵祿을 일컫는다.

54 草菅民命(초관민명): 인명을 초개같이 여김. 사람을 풀 베듯 함부로 죽임.

二罪。奉聖旨: "毛文龍懸居海上, 糜餉冒功, 朝命頻違, 節制不受, 近復握兵進登, 索餉要挾[56], 跋扈叵測, 且通夷有迹, 犄角[57]無資, 掣肘[58]並碍。卿當同志恊圖, 聲罪[59]正法。事關封疆安危, 閫外[60]原不中制, 不必引罪。一切處置事宜, 遵照敕諭, 仍聽相機行。"

又一本島帥伏法事, 奉聖旨: "區畫東江, 善後事宜, 具見妥確[61]。島兵數旣無多, 應否置帥, 着卽與議覆。毛姓兵丁, 悉聽歸宗, 有才可用的, 依舊委用。餘俱遵諭行。"蓋市虎成于三人, 毛帥連遭彈射[62], 又經督師一面之詞, 且爲已破之甄[63], 聖上亦只如此。若使縛送闕下, 薏苡[64]之謗可明。卽不然, 猶得如今日馬世龍[65]・楊國棟[66], 出囹圄之中, 爲國滅賊, 當必有可觀。而或又曰: "雙島鄰東江, 亟殺之可絶衆望, 不更生變."夫旣可殺, 獨不可擒乎! 又不然矣。

---

55 近待(근대): 近侍의 오기. 임금을 가까이에서 모시는 신하. 주로 왕명의 출납을 담당하는 승정원의 承旨나 宦官, 史官 등을 말한다.
56 要挾(요협): 협박함.
57 犄角(의각): 犄角之勢. 사슴을 잡을 때 사슴의 뒷발을 잡고 뿔을 잡는다는 뜻으로, 앞뒤에서 적을 몰아침을 비유적으로 이르는 말.
58 掣肘(체주): 견제함. 방해함.
59 聲罪(성죄): 죄상을 세상에 널리 알림.
60 閫外(곤외): 임금으로부터 정벌의 명을 받고 全權을 행사하는 장군이라는 말. 옛날 장군이 출정할 때 임금이 "閫內는 내가 통제할 테니 閫外는 장군이 통제하라."고 하면서 수레바퀴를 밀어 주었던 고사에서 유래한 것이다.
61 妥確(타확): 타당하고 확실함.
62 彈射(탄사): 彈劾. 결점이나 잘못 따위를 지적함.
63 已破之甄(이파지증): 이미 깨어진 시루라는 뜻. 본래의 상태로 돌이킬 수 없음을 비유하여 이르는 말이다.
64 薏苡(억이): 억울하게 참소를 당하는 것을 일컫는 말. 사리에 맞지 않은 비방을 일컫는 것이다. 後漢 馬援이 交阯國에 있을 때 瘴氣를 이겨 내려고 율무[薏苡]를 먹다가 귀국할 때 한 수레 가득 그 씨앗을 싣고 왔는데, 생전에는 그가 왕의 총애를 받고 있었기에 여기에 대해 다른 말이 없었으나 그가 죽은 뒤 수레에 싣고 온 율무가 실은 眞珠와 文犀 같은 진귀한 물품이라고 비방하며 참소하는 이가 있었다.
65 馬世龍(마세룡, 1594~1634): 명나라 말의 장수. 원숭환의 편지를 가지고 祖大壽를 쫓아갔던 사람으로 성격이 매우 횡포하였다. 나중에는 孫承宗의 휘하에 들어갔다.
66 楊國棟(양국동): 명나라 말의 山東 千總.

自宋有不殺岳飛[67]和不成之論[68]，今日亦多謂毛帥之殺，督師中虜間[69]，殺以快虜，且速款之成。吁，督師亦有人心者，如是愚而忍乎！但廷臣[70]曾有云：“雙島非雲夢之遊[71]，而迹已鄰于僞遊，崇煥無救趙[72]之擧，而推[73]先加于晉鄙[74].” 不無疑于輕躁。又廷臣云：“文龍未死，無牽制之實，有其名，今恐我未前而奴先來，人將議其後矣。文龍未死，無制奴之功，有其任，今恐我前呼而奴後無應，人將議其後矣.” 今其事不且如左卷，何能免議也哉！

---

67 岳飛(악비): 중국 南宋 초기의 武將이자 학자. 가난한 농민 출신이지만 金나라 군사의 침입으로 北宋이 멸망할 무렵 의용군에 참전하여 전공을 쌓았다. 북송이 망하고 남송 때 湖北 일대를 영유하는 大軍閥이 되었지만 무능한 高宗과 재상 秦檜에 의해 살해되었다.

68 不殺岳飛和不成之論(불살악비화불성지론): 송나라 당시 秦檜 등이 和議를 주창하던 사람이 하던 말.

69 中虜間(중노간): 오랑캐의 이간책에 당함. 1629년 후금의 홍타이지가 袁崇煥이 지키고 있던 寧遠城과 山海關을 피해 몽골지역으로 우회하여 北京을 공격하자 원숭환이 북경으로 군대를 이끌고 와서 물리쳤는데, 이때 후금은 和親을 맺자고 하면서 환관을 매수하여 원숭환이 후금과 내통해 모반을 꾀했다는 말을 퍼뜨린 것을 일컫는다.

70 廷臣(정신): 戶科給事中 陶崇道(1580~1650)를 가리킴. 1629년 본문의 내용으로 상소문을 올린 바 있다. 곧은 말을 간하다가 魏忠賢을 거슬러서 降級되고 職牒이 회수되었다.

71 雲夢之遊(운몽지유): 雲夢의 행차. 韓信이 모반을 꾸민다는 소문을 들은 漢高祖가 陳平의 계책을 따라 거짓으로 楚 지역의 雲夢에 놀러 가서 한신을 유인하여 체포한 뒤 楚王에서 淮陰侯로 강등시킨 일을 이른다. 한신은 陳豨의 반란에 연루되어 呂后에 의해 살해되었다.

72 救趙(구조): 趙나라를 구함. 전국시대 魏나라 安釐王 연간에 秦昭王이 군대를 보내 趙나라 邯鄲을 포위하였는데, 조나라 平原君은 魏公子 信陵君의 妹夫였기 때문에 魏王과 신릉군에게 서신을 보내서 구원을 요청하니, 위왕이 장군 晉鄙로 하여금 10만의 군사를 이끌고 가서 조나라를 구원하게 했다가, 마침내 秦王의 협박에 못 이겨 진비 군대의 出戰을 중지시켰다. 신릉군이 보다 못하여 몰래 위왕의 兵符를 훔쳐 가지고 진비의 陣營으로 가서 즉시 진비를 쳐 죽이고 그의 군사를 빼앗아 인솔하여 마침내 조나라를 구원했던 고사가 있다.

73 推(추): 椎의 오기. 몽둥이.

74 晉鄙(진비): 전국시대 魏나라의 장군. 秦나라 昭王이 군대를 보내 趙나라 邯鄲을 포위하자, 위나라 공자 信陵君이 魏王의 兵符를 훔친 다음에, 10만 군대를 거느리고 있던 진비의 陣營으로 가서 力士 朱亥를 시켜 진비를 죽이고 그 군대를 인솔하여 끝내 조나라를 구원해 준 고사가 있다.

第三十九回 後患除醜虜入寇 大安失群賢靖節

殺運嗟日屬，封疆詘深計。
羽翼自凋殘，益壯強胡勢。

近交爲遠攻，豕蛇[1]發狂噬。
更復備禦疎，輕兵入幽薊[2]。

堅城碎頃刻，將吏[3]沙場[4]斃。
血赤灤河[5]水，橫屍山可儷。

哀哀士女徒，淪落[6]腥羶[7]制。
上廑宵旰[8]憂，白日重關閉。

羽書遍天下，徵調[9]盡精銳。
笑彼狂逞者，應就長繩繫。

獨遡禍之源，怒起欲裂眥。

---

1 豕蛇(시사): 封豕長蛇. 탐욕스럽고 잔인한 사람을 뜻함. 중국 춘추전국시대 吳나라의 공격을 받은 楚나라의 신하 申包胥가 秦나라의 哀公에게 도움을 청하면서 오나라를 '탐욕스러운 큰 돼지와 먹이를 통째로 삼키는 긴 뱀'에 비유한 데서 유래한 말이다.

2 幽薊(유계): 幽州와 薊州를 통칭하는 말. 幽州는 중국 河北省 北京 인근 지역이며, 薊州는 河北省 天津市 薊縣이다.

3 將吏(장리): 軍中의 문무관.

4 沙場(사장): 모래 벌판. 전쟁터의 뜻으로 많이 사용된다.

5 灤河(난하): 중국 河北省 북동부를 흐르는 강.

6 淪落(윤락): 세력이나 살림이 보잘것없어져 다른 고장으로 떠돌아다님.

7 腥羶(성전): 비린내와 노린내. 여기서는 오랑캐를 일컫는다.

8 宵旰(소한): 宵旰. 宵衣旰食. 날이 채 밝기 전에 옷을 입고 해가 진 후에 저녁밥을 먹는다는 뜻으로, 임금이 政事에 바빠 겨를이 없음을 비유적으로 이르는 말. 나랏일로 노심초사하는 왕의 걱정을 일컫는다.

9 徵調(징조): 명을 내려 군대와 군량을 징발하는 것을 말함.

誰令牽制人, 斷首窮荒[10]際。

同室橫戈矛, 虜得乘其敝。

誤國竟何如, 天誅想難貰。

　　着棋, 有虛着[11]作實着[12]的；行兵, 有虛勢作實勢[13]的。如目今福建鄭之龍[14]擒李魁琦, 打聽[15]外洋有紅夷[16], 他不敢出洋, 因而發兵攻之。紅夷原非爲我來, 我却借其勢成功, 此善用人者。又如奴酋志無日不在中國, 畢竟與虜酋結了親, 成了自己羽翼, 纔方入寇。我却一箇幫手[17]決留不得, 致起大禍。

　　六月中毛帥死, 東江四協, 止限兵二萬七千, 關上給糧, 又把徐敷奏·劉興祚兩協, 留在關上, 東江所有, 不過萬餘, 奴酋早已知他不能做搗巢事業了。錦寧山海有兵十餘萬, 又有趙率敎·祖天壽[18]一干, 他却要乘虛[19]窺伺

10　窮荒(궁황): 나라의 끝.

11　虛着(허착): 일정한 역할을 하지 못하는 수. 참고로 緩着은 바둑이나 장기에서, 상대방에게 큰 영향을 미치지 못한 수를 일컫는다.

12　實着(실착): 실리를 챙기는 수. 참고로 失着은 요처나 큰 자리를 놓쳐 국면을 불리하게 만드는 수를 일컫는다.

13　有虛勢作實勢(유허세작실세):《尉繚子直解》5권〈兵令上〉제23의 "쏘는 화살이 아직서로 미치지 않았고 긴 칼날이 아직 서로 접하지 않았는데, 앞에서 떠드는 것을 '虛勢'라이르고, 뒤에서 떠드는 것을 '實勢'라 이르고, 떠들지 않는 것을 '비밀스럽다'라고 이르니, 虛와 實은 用兵의 본체이다.(矢射未交, 長刃未接, 前譟者, 謂之虛, 後譟者, 謂之實, 不譟者, 謂之秘, 虛實者, 兵之體也.)"에서 나오는 말.

14　鄭之龍(정지룡): 명말 청초 때 무역상으로 福建 南安縣 사람. 명나라 조정의 부름을받아 해상권을 장악하고, 중국과 臺灣, 일본을 무대로 무역을 하여 거부가 되었다. 남경이 함락되고 명나라가 망하자 唐王을 福州에서 옹립하여 平國公에 진봉되고, 隆武帝 정권을 도와 명나라 부흥운동을 펼쳤다. 1646년 청나라 군대가 閩에 쳐들어오자 아들 鄭成功의 권고를 듣지 않고 항복하였다. 그 뒤 북경으로 이주해 청나라에 항쟁하는 정성공을귀순시키는 일에 이용되었다가 실패하자 모반죄로 처형되었다.

15　打聽(타청): 물어봄. 알아봄. 탐문함.

16　紅夷(홍이): 포르투갈인을 멸시하여 일컫던 말.

17　幫手(방수): 조력자.

18　祖天壽(조천수): 祖大壽의 원래 이름.

薊鎭[20]地方, 有喜峰[21]·大安[22]各口, 可以入犯。外邊却有屬夷東酋爲我打
探, 他却于六月後, 差人各將金帛, 與他結親。這虜酋貪他利, 懼他威, 也
便結了, 旣結親, 却死也爲他, 勾引[23]他自大安各口入犯。但是河西哨探,
是什麽哨探, 款西虜, 是什麽款, 奴酋大擧, 由邊外來, 哨探不知, 西虜也不
報。先是十月二十五日秦代家人韃子朝浪伯彦來報, 奴酋七萬韃子, 謀在
二十六日犯喜峰·馬蘭·大安口, 一帶地方, 只見二十七日早, 果然韃兵無
數, 從大安口進。先是宣武營參將周鎭, 領兵拒守, 後邊參將張福安接應,
不一時被他殺得大敗, 兩箇將官也不知下落[24]了。一支從龍井口來, 一箇
遊擊王純臣去迎敵, 也沒音信, 他已是進口來了。此時飛報至京, 奴酋前
鋒早已分三路入圍遵化[25]。石門驛驛丞[26], 慌忙打點[27]下程[28]米麵酒肉迎
接, 奴酋大喜, 復他原職。馬蘭路參將張萬春, 率兵戰敗, 逃入城中, 韃賊
圍城索要[29], 只得同箇王秀才[30]出迎。王秀才奴酋與做守備, 張萬春仍前
職, 還差他旗牌李友武, 拿令箭來, 將軍關招降[31]人民, 守關拿送巡撫, 砍
了。一路軍民無非剃頭迎降, 任他將妻女姦淫, 家財擄掠。

---

19 乘虛(승허): 허점을 노림.
20 薊鎭(계진): 만리장성의 중요한 요충지.
21 喜峰(희봉): 喜峰口. 중국 河北省 遷西縣 북구 연산산맥 중단에 위치한 곳. 만리장성
의 중요 관문 중의 하나이다.
22 大安(대안): 大安口. 河北省 遵化의 동북쪽에 있음.
23 勾引(구인): 유혹함. 유발함. 결탁함.
24 下落(하락): 행방. 결말.
25 遵化(준화): 중국 河北省에 있는 지역. 북경 동북쪽에 있다.
26 驛丞(역승): 역참을 관리하던 관리.
27 打點(타점): 뇌물을 줌.
28 下程(하정): 돼지고기나 香油·술·백미 등과 같은 다양한 물품들을 내려주는 것.
29 索要(색요): 요구함. 받아냄.
30 秀才(수재): 州나 郡에서 뽑아 入朝케 한 才學이 뛰어난 사람을 가리키는 말. 우리의
생원과 같다.
31 招降(초항): 투항을 권유함.

人染腥羶氣, 家無擔石[32]儲。
荒城㴠落日, 野城盡丘墟。

初四日, 山海鎮守大總兵趙率敎, 奉旨督領大兵, 前來援應遵化。約莫已時, 將到遵化, 忽然奴酋大兵來到, 大戰兩箇時辰[33]。不料奴兵衆多, 將趙總兵兵圍繞得不通風[34]。趙總兵力戰, 再不能句脫身, 正戰時, 又被奴兵一箭, 射中心口[35], 落馬而亡。其餘部下, 俱遭殺害。

錦州血戰著奇功, 英武看疑馬服[36]同。
誰料天亡難自展, 沙場熱血洒孤忠。

趙帥旣敗, 城中更自震驚, 賊回得勝軍攻城。初五日, 架有軟梯等項[37]攻城, 城中也放有砲石拒敵, 打死韃賊二百多人。却又奸細在城放火, 守城的驚懼顧家, 早爲他把軟梯自城西北上城, 已陷了。城中巡撫王元雅[38]自縊, 奴賊阿卜太[39]自逕入城, 住札巡撫衙門, 差官四山招降。

---

32 家無擔石(가무담석): 집에 재물의 여유가 조금도 없음을 일컫는 말. 石은 한 항아리이다.

33 時辰(시진): 지금의 2시간에 해당함.

34 通風(통풍): 기밀을 누설함. 내통함.

35 心口(심구): 명치.

36 馬服(마복): 전국시대 趙나라 馬服君 趙奢를 가리킴. 그의 아들 趙括은 일찍이 부친에게 兵法을 배워 兵學에 달통하였다고 자부하였으나 부친은 한 번도 잘한다고 칭찬하지 않았다. 그의 모친이 그 이유를 묻자, 조사는 대답하기를 "전쟁은 죽는 자리인데 조괄이 쉽게 말하니, 만일 뒤에 우리 조나라에서 저 아이를 장수로 임명한다면 조나라 군대를 패망하게 할 자는 반드시 저 아이일 것이다."라고 하였다. 그 후 趙王이 조괄을 대장에 임명하려 하자, 그의 모친이 조왕에게 글을 올려 죽은 남편의 말을 아뢰고 그를 대장에 임명하지 말 것을 간곡히 청하였으나, 조왕은 듣지 않았다. 조괄은 秦軍을 맞아 長平에서 싸우면서 적을 얕잡아 보다가 결국 패하여 조나라의 40만 대군이 몰살당하였다.

37 等項(등항): 등등.

38 王元雅(왕원아, ?~1629): 명나라 말기의 관리. 청태종이 1629년 몽골의 코르친 부족을 길잡이로 앞세워 북경 공략에 나섰을 때 遵化城을 지키다 죽은 인물이다.

塘報[40]入京, 聖上早已知道, 傳旨催督師進關, 催保定[41]宣大[42]已調援兵,
着山西·山東·河南, 各發兵三千, 調總兵侯世祿[43]·滿桂[44]來京防守, 各省
直督撫[45], 各發兵入衛。 又因召對[46]陳言, 超擢庶吉士[47]劉之倫, 兵部右侍
郎, 協理部事, 布衣申輔創言車戰, 躍授都司, 再加副總兵, 給銀七萬, 造車
募兵。 禮部侍郎徐光啟[48], 萬曆[49]中曾開府[50]練兵, 如今仍着他同編修李建
方, 指授訓練。 副將以下, 不用命者, 軍法從事。 又因本兵[51]王尚書[52], 賊

---

39 阿卜太(아복태): 누르하치의 7남 阿巴泰(1589~1646)를 가리킴.
40 塘報(당보): 적군의 동향을 정탐하여 올리는 보고서. 또는 높은 곳에 올라 적의 동태
를 살펴 아군에게 기로써 알리는 일을 이르던 말. 기를 조작하던 사람을 塘報手라고 한다.
41 保定(보정): 중국 河北省의 중부에 있는 지명.
42 宣大(선대): 명나라 때의 宣府와 大同을 합칭한 말.
43 侯世祿(후세록, ?~1646): 宣府總兵 右都督. 용감하고 날쎄어서 여러 차례 전공을 세
웠으나 향리에 있었다. 闖賊이 榆林을 침범했을 때 결사대를 모집하여 성위에 줄 매달고
적을 공격하며 성을 나누어 지키다가 전사하였다.
44 滿桂(만계, ?~1630): 명나라 말기 將領. 관직은 太子太保, 中軍都督府 右都督을 지냈
다. 袁崇煥의 부하 장수였다.
45 督撫(독무): 總督과 巡撫使의 합칭하는 말. 본래 중국 명나라의 都察院에서 지방에
파견하던 관원들로 轉하여 지방관을 통칭하기도 하였다.
46 召對(소대): 왕명으로 入對하여 의견을 올리는 것.
47 庶吉士(서길사): 중국 翰林院 學士의 별칭.
48 徐光啟(서광계, 1562~1633): 서양의 기술과 학문을 소개한 명나라 학자. 松江府 上海
縣 사람으로 자는 子先이고, 호는 玄扈이다. 벼슬은 예부상서 겸 文淵閣大學士, 재상을
역임했다. 1620년 때 청나라 군대의 침략에 항거하기 위해 여러 차례 글을 올려 자신이
군사를 훈련시키겠다고 요청한 결과 小詹事 겸 河南道監察御史로 발탁되어 通州(지금의
베이징 남동쪽)의 군대를 훈련시켰다. 1629년 禮部左侍郎이 되어 1631년까지 역법 개정
에 참여했다. 명나라 때 사용하던 역법인 大統曆을 수정하는 한편 병사를 훈련시키고 서
양 대포를 제조하여 청나라 군대에 맞섰다.
49 萬曆(만력): 명나라 13대 황제 神宗의 연호(1573~1620).
50 開府(개부): 관청을 설치하고 관리를 둠.
51 本兵(본병): 兵部尚書.
52 王尚書(왕상서): 兵部尚書 王在晉(?~1643)을 가리킴. 자는 明初, 호는 岵雲. 1592년
진사가 되어 中書舍人으로 벼슬을 시작했다. 그 후에 江西布政使, 山東巡撫, 進督河道 등
을 지냈으며, 1620년에 兵部左侍郎이 되었다. 熊廷弼, 王化貞이 후금의 누르하치에게 廣
寧을 빼앗긴 후에 조정에서 크게 놀라 웅정필은 죄를 물어 죽이고, 왕화정을 하옥시켰다.
또 張鶴鳴은 병으로 사직하고 고향으로 돌아갔다. 熙宗은 선부 순무解經邦에게 兵部右侍

兵入犯, 方略不聞, 又失于偵探, 初時聖問, 不知是何處虜兵。後邊遵化失守, 兩日纔報, 聖上將來下了獄勘問。督師因聖旨嚴催入關, 因缺餉上本道: "乞給援兵一飽。" 聖旨既催戶部立發糧草, 又發御前銀一萬兩, 差御史一員, 製買肉食, 幷酒給犒[53]。此時奴兵已漸過薊, 滿總兵・尤總兵已都到城下, 聖賜滿總兵鹽菜羊酒。京城大備戰守之具, 每門分勳戚大臣把守, 後又差內臣協守, 俟虜平仍行撤去。嚴處了幾箇守具不完的官, 一箇不急濟河的官。屢屢傳旨, 督催獎賞, 各路進援將士, 傳諭軫恤百姓。

聖諭: "朕謂民爲邦本, 本固邦寧[54]。凡我畿甸[55]赤子, 皆祖宗二百六十年來, 休養生息之餘。屬者[56]奴孽狂逞, 闖我郊甸, 橫肆虔劉[57]。遵化一帶民人, 初遭誅降, 旋被屠戮, 我民愚蒙被脅, 究無一完。朕痛悼傷惻, 中夜不寧, 朕卽日寸剿賊夷, 另行招撫存恤[58]。則在爾京城百里, 或累代土著, 或商賈流寓, 朕實痛瘝, 無時無刻, 不什于懷者。今督師袁崇煥, 精兵已至城外, 總兵官滿桂・侯世祿・尤世威[59]・張鴻功[60], 巡按解經付・郭之琮[61], 火器都司王邦政等, 先後援兵, 次第鱗集, 賊人深入內地, 授首[62]已在茲

郎 겸 都察院右僉都御史 經略遼東으로 임명했다. 그러나 해경방은 중대한 직책을 감당할 수 없어서 사직했다. 1622년에 왕재진은 웅정필을 대신하여 兵部尙書 겸 右副都御史 경략 요동계진천진등래가 되었다. 이때 황제로부터 특별히 蟒玉(보석의 일종)과 衣帶 및 尙方寶劍을 하사받았다. 그 후 南京 병부상서, 남경 이부상서, 형부상서 등을 지냈다. 그러나 만년에 張慶臻이란 자가 황제의 칙서를 고친 일에 연루되어 관직을 빼앗기고 벼슬 명부에서 이름이 삭제된 후, 고향으로 돌아와 얼마 후에 죽었다.

53 給犒(급호): 물건을 나누어 주어 군사를 위로함.

54 民爲邦本, 本固邦寧(민위방본, 본고방녕): 《書經》〈五子之歌〉에 나오는 말.

55 畿甸(기전): 畿內. 천자의 王城에서 5백 리 이내의 지역으로서, 천자의 직할지를 가리킨다.

56 屬者(속자): 근자에.

57 虔劉(건류): 살육. 죽임.

58 存恤(존휼): 사람을 보내 위로하고 돌봄.

59 尤世威(우세위, ?~1643): 명나라 말기의 장수. 그의 형 尤世功과 함께 용감하기로 유명하였다.

60 張鴻功(장홍공): 명나라 말기의 장수. 山西總兵이었다.

61 郭之琮(곽지종): 명나라 말기의 관리. 1629년 巡撫宣府를 지냈다.

時。卽昨有旨, 編派[63]守垛民夫, 不得已而後用, 亦爲爾等身家[64]所係。已
勅所司, 明示曉諭, 嚴禁需索[65], 征討事後, 俱免差役。爾士庶商賈人等,
正宜一意[66]安心[67], 各循生理, 保固封疆, 共享太平, 毋聽狂徒訛言, 驚疑煽
惑, 自取罪戾[68], 或干法紀。都察院[69]便行五城御史[70]大張榜示, 諭慰通知,
有煽播訛言, 簧鼓[71]衆聽, 乘機搶掠, 敢行猖亂者, 卽便擒拿[72], 奏請正法。
其有誤被奸驛脅誘搖惑[73]者, 許指名據實出首[74], 所首得實免首者本罪。
正陽[75]·崇文[76]·宣武[77]三門, 仍照常通行, 以日出啓, 以日落下鍵[78], 入城者

---

62 授首(수수): 항복하여 처벌을 자청함.

63 編派(편파): 조직배치. 균등하게 할당함.

64 身家(신가): 본인과 그 가족. 一家. 出身.

65 需索(수색): 뇌물을 요구함. 토색질.

66 一意(일의): 오로지. 오직.

67 安心(안심): 진심으로. 진정으로.

68 罪戾(죄려): 죄과. 잘못.

69 都察院(도찰원): 중국의 감찰기관. 명나라의 태조는 1376년에 어사대를 都察院으로
고쳐서 左右都御史·副都御史 밑에 다수의 監察御史를 두어 기강의 숙정, 부정의 탄핵,
중대한 刑案의 심의 등을 맡아보게 하였다. 특히 巡按 감찰어사를 110명으로 증원하여
지방관의 부정부패를 탄핵하게 하였다. 그러나 중기 이후는 지방의 大官인 總督·巡撫와
대립하였기 때문에 총독·순무가 모두 도어사를 겸임하게 하여 순안어사보다 상위에 올려
놓고 政令의 통일을 도모하였다. 文武監察의 권한이 이들 대관에게 옮겨지게 되었으며,
청나라에서도 대체로 명나라의 제도를 따랐다.

70 五城御史(오성어사): 五城兵馬司. 五城御史司坊. 밤에 순찰하는 관원 및 도성의 치안
을 담당하는 관아이다.

71 簧鼓(황고): 공교한 말로 비방하거나 임금을 의혹시키는 자들을 일컬음.《詩經》〈巧
言〉의 "생황과 같은 공교로운 말은 얼굴이 두껍기 때문이다.(巧言如簧, 顏之厚矣.)"에서
나오는 말이다.

72 擒拿(금나): 사로잡음. 체포함.

73 搖惑(요혹): 생각을 흔들리게 하여 미혹시킴.

74 出首(출수): 고발함. 검거함. 자수함.

75 正陽(정양): 正陽門. 北京 內城에 있는 정문으로 속칭 '前門'이라고도 한다.

76 崇文(숭문): 崇文門. 원래 이름이 文明門으로 명나라 1439년에 개칭한 성문 이름. 북
경성의 동남부에 위치하고, 운하가 들어오는 곳으로 교통의 요충지였다.

77 宣武(선무): 宣武門. 원래 順承門으로 명나라 때 개칭한 성문 이름. 이 성문 밖은 채시
구 刑場이 있어서 死門이라고도 불렀다.

嚴査搜檢。逃難民人, 各于附近州縣安揷, 出城者除士紳家眷, 及商賈帶有貨物, 則仍准放行, 不許借端⁷⁹需索, 及擁擠⁸⁰致斃。其蘆溝⁸¹一帶地方, 着巡捕營官帶領人馬一支住扎, 專一緝捕⁸²盜賊, 疏通道路, 各使無虞。民人安堵, 稱恤民固本至意。特諭."

命下, 臣民無不激勵思奮。

委宛⁸³周民隱⁸⁴, 煦煦⁸⁵父子情。
縱敎頑木石, 亦自礪忠貞。

時赴京入援兵, 宣大保定等共六鎭, 聖旨都差官, 着滿總兵與督師商定奇略, 勅督師統領援兵, 兵將俱受節制。又起用候勘總兵馬世龍⁸⁶爲總兵, 御史吳阿衡⁸⁷爲監軍, 管理巡協, 煮粥膳京師貧民, 梟斬審實來城奸細, 大定賞罰格。

賞格
有能擒斬大頭目一名顆者, 賞銀一百五十兩, 不願賞者陞二級。
有能擒斬頭目一名顆者, 賞銀一百兩, 不願賞者陞二級。

---

78 下鍵(하건): 자물쇠를 잠금.
79 借端(차단): 트집을 잡음. 핑계함. 구실 삼음.
80 擁擠(옹제): 혼잡함.
81 蘆溝(노구): 北京 廣安門 밖 永定河 일대를 가리킴.
82 緝捕(집포): 체포함. 잡음.
83 委宛(위완): 曲折. 구불구불함. 우여곡절. 완곡함. 은근함.
84 民隱(민은): 민생고. 백성의 괴로움.
85 煦煦(후후): 온정을 베풂. 韓退之의 〈原道〉의 "저들은 자그마한 온정을 베푸는 것을 인으로 여기고 조그마한 선행을 의로 여기고 있다.(彼以煦煦爲仁, 孑孑爲義.)"에서 나오는 말이다.
86 馬世龍(마세룡, 1594~1634): 명나라 말기의 將領. 1629년 후금이 북경을 쳐들어왔을 때 孫承宗에게 다시 기용되어 尙方劍을 하사받고 勤王大軍을 총괄하였다.
87 吳阿衡(오아형, 1588~1638): 명나라 말기의 관원. 薊遼總督을 지냈다.

有能擒斬强壯韃賊一名顆者, 賞銀五十兩, 不願賞者陞一級。

有能擒斬幼小韃賊一名顆者, 賞銀三十兩, 不願賞者陞原職半級。

有能擒斬降將張萬春等者, 賞例與擒斬次頭目同。

罰格

將吏擧監生員人等, 迎賊受降者, 凌遲處死, 全家處斬。

文武將吏棄城逃走者, 斬, 妻孥流配。

征調官員逗遛[88]觀望與避逃者, 斬。

差往偵探不實者, 綑打一百二十棍, 因而悞事者, 斬。

征發調遣[89]有司官遲悞應付[90]致悞軍機[91]者, 斬。

嚴明賞罰, 鼓舞作興, 文武莫不同心禦賊。只是賊勢甚大, 所過屯堡, 非破則降, 一路攻掠, 剋破順義·玉田·三河·良鄕·涿州·固安·香河等處地方。內中有雖知兵力不敵, 不敢貪生倖免, 或一身死節, 或擧家殉國, 或遭賊殺, 或是自盡的, 有知縣任光裕[92]·黨還醇[93], 典史[94]史諫[95]。有是閑散官[96], 亦以死報國的, 敎官安上達·李廷表·敬[97]·驛丞楊其禮。其餘固安劉知縣[98], 城破, 懷印躱在死屍中倖存, 全家三十二口都遭殺害；玉田楊知

---

88 逗遛(두류): 체류함. 잠시 쉼. 지체함.

89 調遣(조견): 파견함.

90 應付(응부): 대응함. 대처함.

91 軍機(군기): 군사 계획.

92 任光裕(임광유, 1612~1642): 명나라 말기의 무장. 명나라 말기에 陝西總督 孫傳庭의 휘하에 있었다. 香河知縣을 지냈다.

93 黨還醇(당환순): 명나라 말기의 관리. 天啓연간에 진사가 되고 休寧 縣令을 지냈는데, 치적이 뛰어났다. 崇禎연간에 후금이 공격해왔을 때, 그는 성을 지키며 용감하게 저항하였으나 구원병이 제때에 도착하지 않아 성이 함락되자 그 자신도 희생되었다.

94 典史(전사): 縣의 치안을 맡아 보던 관직.

95 史諫(사간):《明季北路》권5에 의하면 良鄕典史 史之諫으로 나옴.

96 散官(산관): 직위만 있고 직무가 없는 관리.

97 敬(경): 불필요한 글자.

縣[99]，城破，遭賊將城中百姓盡剃頭髮，連他頭髮不存；順義趙知縣[100]被生員擁出投降，一路士庶，逃亡死徙，極其慘毒。朝廷將兩箇知縣贈光祿寺寺丞，教官贈助教[101]，典史·驛丞贈主薄，大慰忠魂；劉楊兩知縣提問[102]，趙知縣差旗校[103]捉拿[104]，大懲失事。

　　高爵酬忠士，鋃鐺[105]逮罪臣。
　　政行無假貸[106]，誰不欲忘身。

　　蓋只因失却牽制一着，所以貽害于忠義之臣·畿內之民，所以廑聖主之宵旰，廷臣之焦勞，不可勝言矣。那虜酋却又是逞螳臂犯車輪，直又思犯闕，這震驚又自不小了。

　　毛將軍奏疏，謂關寧可守不可戰，予謂並東江皆守局，覆巢破虜固虛願，而五年滅賊亦空言。乃幷擁牽制之師，不得探虜之入犯，而截之，何其踈乎！倘非皇主之礪精國事，不知如何矣，則今日屠城殺將，勤聖主之宵衣，震數世之陵寢，致在廷之竭蹶[107]，必有任其罪者。

　　一奴嫛[108]耳，猶如結親爲入犯之地，乃中國必欲除其牽制之人，殊所不解。

---

98 劉知縣(유지현):《明季北略》권5에 의하면 劉伸으로 나옴.

99 楊知縣(양지현):《崇禎實錄》에 의하면 楊初芳으로 나옴.

100 趙知縣(조지현):《崇禎長編》권30에 의하면 趙暉中으로 나옴.

101 助教(조교): 국자감이나 태학에서 박사의 수업을 도운 학관.

102 提問(제문): 소환 심문함.

103 旗校(기교): 旗軍의 領官.

104 捉拿(착나): 체포함. 붙잡음.

105 鋃鐺(낭당): 죄인을 묶는 쇠사슬.

106 假貸(가대): 寬容. 잘못이나 죄 따위를 너그럽게 용서함.

107 竭蹶(갈궐): 발이 걸려 넘어짐. 힘이 없어 비틀거리며 걸음.

108 嫛(얼): 孼의 오기인 듯.

第四十回 督師頓喪前功 島衆克承遺烈

巧術籠人, 淺謀誤國, 自誇奇特。

冤骨初沈, 方剪凌空翼。

那堪點虜, 逞鐵騎, 邊頭相逼。

百二重關[1], 難把泥丸[2]塞。

五年滅賊, 一戰平胡, 衹是成空憶。

捫心自問[3], 應也多慙色。

往事誰爲鑄錯[4], 一死何逃溺職[5]。

更東江飛捷, 愈起一番淒惻。

右調《惜紅衣》

公論日久自明。故有一時沈埋, 後來漸雪；一時快意, 日後反誤國誤身。雖曰報復循環, 天理必然, 還也見人謀不臧, 害人自害, 把自己的失

---

1 百二重關(백이중관): 난공불락의 요새지를 말함. "진나라는 지세가 뛰어난 나라로, 산하의 험고함을 띠고 천리 멀리 떨어져 있어, 제후의 창 가진 군사 백만을 대적함에 있어 진나라는 100분의 2로 막을 수 있다.(秦形勝之國, 帶河山之險, 懸隔千里, 持戟百萬, 秦得百二焉.)"에서 나오는 말이다. 백이는 곧 100분의 2를 나타내는 말로, 전국 시대에 秦나라의 지세가 매우 험고하여 진나라 군사 2만으로 제후의 군사 백만을 막아 내기에 충분하다고 한 데서 온 말이다.
2 泥丸(이환): 지세가 험준하여 강토를 지킬 만한 요새를 일컫는 말. 後漢의 王莽 말기에 隗囂의 장수 王元이 "하나의 흙덩어리를 가지고 가서 대왕을 위해 동으로 함곡관을 봉해 버리겠다.(元請以一丸泥, 爲大王, 東封函谷關.)"라고 말한 데서 나오는 말이다. 곧 험요한 지대는 지키기 쉽다는 뜻이다.
3 捫心自問(문심자문): 가슴에 손을 얹고 스스로 반성함.
4 鑄錯(주착): 착오를 저지름.
5 溺職(익직): 맡은 직무를 감당하지 못함.

着, 越顯得他人的有功, 使人見他的起手[6], 不見他收場[7]。正如陳眉公[8]說
的, 神龍見首不見尾, 英雄不見結局, 令人想他, 慕他, 悼他, 惜他。如毛帥
在東江, 或者究竟不能收牽制之功, 或者不能止奴酋入犯, 也未可知。到
了奴酋入犯, 不以爲功, 必以爲罪, 卽殺之, 也沒人爲他解。不料海上之血
未乾, 奴酋之兵已到, 已見關寧之備禦是假, 東江之牽制是眞。況且袁兵
在先, 奴兵在後, 這樣看來, 却不是禦他, 是箇導他。不如毛帥所招降的劉
愛塔, 却能領毛帥所遺一協兵, 砍死韃兵六七百, 力戰陣亡。毛承祿・陳
繼盛, 又能領毛帥所存二協兵, 搗巢立功, 這賢否足見了。

當日督師領兵入援。十一月十三(日), 奴兵到薊州, 後邊入犯, 督師在
二十日到高米店札營, 差祖總兵哨探韃賊, 獲有韃賊盔甲一副, 進呈, 奉旨
屯兵德勝門[9]外大教場札營, 節制入援兵馬。這日韃兵已到, 直叩安定[10]・
德勝兩門, 滿總兵不令他近城, 開營領兵衝鋒砍殺, 大放火器, 把韃兵打
傷, 不計其數。火砲聲纔息, 韃兵又到, 飛馬前來。滿總兵也飛馬持刀抵
敵[11], 左腿左膊上, 都中了一箭, 死不肯退, 恰祖總兵來, 砍殺, 城上火砲,
與滿總兵火砲又發, 把韃兵殺得, 直退屯南海子[12]・蘆溝橋[13]等處。這戰滿
總兵被傷, 祖總兵陣亡了一子, 聖上將滿總兵迎入甕城[14], 賜他熱食調養[15],

6　起手(기수): 손을 씀. 손을 댐.
7　收場(수장): 결말을 지음. 끝장. 걷어치움.
8　陳眉公(진미공): 陳繼儒(1558~1639)를 가리킴. 고상하고 격조있는 문인으로 박학다
식하였으며, 생애를 마칠때까지 풍류와 자유로운 문필 생활로 일생을 보낸 중국 명나라
말기의 문인. 미공은 그의 호이다. 그가 "신룡은 사람으로 하여금 머리를 보게 하고 꼬리
를 보지 못하게 한다.(神龍使人見首而不見尾.)"고 하였다.
9　德勝門(덕승문): 중국의 북경 內城 북서쪽에 있는 성문 이름.
10　安定(안정): 安定門. 중국 북경 內城 동북쪽에 있는 성문 이름.
11　抵敵(저적): 대적함. 저항함.
12　南海子(남해자): 중국 北京 외곽의 지명. 지금의 大興縣 일대이다.
13　蘆溝橋(노구교): 중국 北京의 서남쪽 위치한 다리 이름.
14　甕城(옹성): 중국에서 성벽문밖으로 반원형 또는 ㄱ형으로 튀어 나가게 지은 성루.
적에 대한 방어를 위하여 성문 직전을 벗어나 둥글게 굽은 형태로 출입하도록 만들고 위
에는 2, 3층의 敵樓를 설치했다.

祖總兵兒子, 准與贈廕[16]。

戰血漬袍紅, 平胡意氣雄。
功高應聖眷, 推食[17]著恩隆。

韃兵隨分兵一支回薊州, 餘兵仍離京城五七里下寨, 兩邊時時相殺, 各
有殺傷。到十二月, 援兵大聚, 虜兵漸散屯各縣。初六日, 聖上召對袁督
師, 滿總兵一干, 督師自揣先時海口[18]說了五年滅奴, 五年雖不曾到, 却不
曾滅得, 反致他犯闕, 倘聖上責問, 如何支對[19]? 況且一路縱兵擄掠, 不行
禦敵, 物議沸騰。恐遭處置[20], 將來召金·王兩箇太監, 留在自己屯札的俞
公祠[21]內, 方纔進城, 又着祖總兵屯兵三千在城門邊。入見, 及到平臺[22],
聖上歡然相接, 拜謁時, 親手扶他, 賜他蟒衣[23]一襲, 玉帶一條, 賜坐, 獎賞
他能督兵阻殺[24], 慰勞他軍旅辛苦, 仍封他東安侯, 賜銀四萬兩, 與他充
賞。督師再三辭了封侯。其餘各總兵, 聖上都慰勞獎賞, 各自出城。

這時城中人無不怨恨督師, 道他通虜, 有識的又道他枉殺[25]毛帥, 以致
奴虜入寇。各官也有道聖上禮遇太隆的, 也有道他這樣失機壞事, 聖上還

---

15 調養(조양): 몸조리함. 조섭함.
16 廕(음): 廕職. 과거를 거치지 아니하고 조상의 공덕에 의하여 맡은 벼슬.
17 推食(추식): 漢나라 장수 韓信이 漢高祖 劉邦에게서 받은 은혜를 술회하며 "옷을 벗어
　나에게 입게 하고 먹을 것을 건네주어 나에게 먹게 하였다.(解衣衣我, 推食食我.)"고 한
　데서 나오는 말.
18 海口(해구): 허풍. 호언장담.
19 支對(지대): 응대함. 대응함. 대처함.
20 處置(처치): 처벌함.
21 俞公祠(유공사): 俞大猷(1504~1580)를 기념하기 위해 지은 祠堂. 수군을 거느리고 倭
　寇를 격파하고, 惠州·潮州의 도적을 평정하였다. 벼슬은 福建總兵官에 이르렀다.
22 平臺(평대): 正殿이 아닌 便殿을 가리킴.
23 蟒衣(망의): 大臣들이 입던 禮服. 황금색의 이무기를 수놓은 것이다.
24 阻殺(저살): 狙殺. 남몰래 매복하여 공격할 기회를 엿봄.
25 枉殺(왕살): 무고한 사람을 죽이거나 해침.

誤道他是箇好人，有道虜方逼京，聖上權使過²⁶以收後效，有道他屯有兵馬，聖上也沒奈何²⁷容他。不知聖上如神之智，自有妙用，人都不能測。本日督師回營，他見聖恩隆重，知無難爲他意，卽護送兩內監回城，一邊着人關領²⁸賞銀，且題本討馬，聖上着他在內廐擇選。

初七日，他就輕身進來，絶不顧慮，不期行到東華門²⁹，却見傳有御札："袁崇煥自任滅奴，今奴直犯都城，震驚宗社。夫關寧兵將，乃朕竭天下財力培養訓成，關門遠來入援，立志殺賊。崇煥却不能布置方略，退懦自保，以致賊擒掠，百姓殘傷，言之不勝悼恨。今將崇煥革了職，拿禁。"內監傳出，錦衣衛³⁰就遵旨捉拿，將來剝去冠帶，拿送北鎮撫司³¹。這是天子風霆之斷，令人莫測。督師這時也是疾雷不及掩耳³²，只得束手就獄，却也是自作之孽³³，免不得帶索披枷，但不是毛帥身首異處³⁴。

國倚長城重，謀無借著³⁵奇。
麒麟³⁶圖渺矣，犴狴³⁷且棲遲。

---

26 使過(사과): 허물이 있는 사람을 등용함을 이르는 말. "공로가 있는 사람을 부리는 것이 허물이 있는 사람을 부리는 것만 못하다.(使功不如使過.)"라고 한 데서 나오는 말이다.

27 沒奈何(몰내하): 어쩔 수 없이. 부득이.

28 關領(관령): 나라의 금품을 받음.

29 東華門(동화문): 중국 북경 옛 궁성의 동문을 일컬음.

30 錦衣衛(금의위): 명나라 때 황성과 수도의 호위를 위해 설치한 군대.

31 北鎮撫司(북진무사): 錦衣衛 아래에 소속된 기관. 황제가 결정한 사안을 전담하여 사법기관을 거치지 않고 직접 감찰, 체포, 行刑, 처결 등을 담당하였다.

32 疾雷不及掩耳(질뢰불급엄이): 요란한 천둥소리가 갑자기 나서 미처 귀를 가리지 못함. 일이 너무 급해 이에 대비할 겨를이 없음을 비유하는 것이다.

33 自作之孽(자작지얼): 제 스스로 저지른 일로 말미암아 생긴 재앙.

34 身首異處(신수이처): 몸과 머리 다른 곳에 떨어지다는 말. 참수됨. 목이 잘림.

35 借著(차저): 借箸. 원대한 계책을 일컬음. 漢나라 張良이 책사 酈食其의 꾀를 배척하면서, 劉邦의 밥상에 있던 젓가락을 잠깐 빌려[借箸] 자신의 계책을 설명한 데서 나온 말

36 麒麟(기린): 麒麟閣. 漢나라 殿閣의 이름. 공신들의 초상화를 그려 놓은 곳인데, 未央宮 내에 있다. 漢武帝가 건축하였는데, 일설에는 蕭何가 지었다고도 한다. 霍光, 張安世,

此時督師不能離間他, 在東酋未結親之先, 絶他入犯之路；又不能發東
江, 阻他入犯之心；更不能會屬夷, 邀他于邊外；更不能會各鎮, 擊他于
邊內；被虜拆去大安・馬蘭・龍井三箇口子, 旣可出入無忌, 又破一箇遵
化雄鎮, 各小縣, 有地可屯, 有糧可食, 擁了這干叛將叛民, 東攻西掠。極
潰之勢, 聖旨礪精滅虜, 就用滿桂督領他關寧兵馬, 與祖天壽・黑雲龍[38]督
率將十[39], 同心殺賊, 各路援兵, 俱屬提調, 仍會同馬世龍・施弘謨[40]等, 設
奇邀堵, 大創賊夷, 一切相機以便宜行。各將遵蒙聖諭, 莫不盡力防守。

不料滿帥奉命守城, 見城下有乘八轎黃幃黃傘的, 知是阿卜太, 竟單騎
前往, 要襲斬逆酋, 將及阿卜太, 被亂箭射住, 不得進前。十八日, 題本出
師大戰, 苦因賊衆, 滿帥是負傷的, 他又奮勇當先, 竟至戰歿。

　　褁瘡轉鬬欲吞胡, 報主寧嫌一命徂。
　　血戰已看奴膽落, 移兵不敢近皇都。

至二十三日, 申副將[41]戰車成, 也出兵到蘆溝橋, 夜襲韃賊・深入賊營,
亦爲殺害。

　　甄拔蒙恩重, 才奇視虜輕。
　　怪來時不遇, 屍積石橋平。

奴兵因聖上鼓舞滿帥苦戰, 申輔[42]夜襲。又布置詳密各要害地方, 通州

韓增, 趙充國, 魏相, 丙吉, 杜延年, 劉德, 梁丘賀, 蕭望之, 蘇武 등 공신 11명의 초상화를
기린각에 그렸다.

37　犴狴(안폐): 감옥.

38　黑雲龍(흑운룡, 1585~1644): 명나라 말기의 將領. 張家口守備, 葛峪堡參將, 薊鎭副總
兵, 宣府鎭總兵, 山海關總兵 등을 지냈다.

39　十(십): 士의 오기인 듯.

40　施弘謨(시홍모): 명나라 말기 副總兵을 지낸 인물.

41　申副將(신부장): 汪琬(1624~1691)의 〈申甫傳〉에 의하면, 申甫를 가리키는 듯.

楊總兵肇基[43]鎮守[44]，天津楊總兵國棟[45]鎮守，經略用梁尚書廷棟[46]，馬總兵世龍·劉協理[47]，又出兵圖復遵化，賊圖北歸，退往東行。正月初四日，襲取永平地方，有一干無恥鄉紳[48]·秀才又去迎降。喜得祖總兵大壽，先因袁督師被拿，怕有連及，回兵山海關，聖上傳諭慰安，消他疑慮，使他竭力，他督兵扼斷關口。聖上又移孫內閣[49]往鎮，截住[50]。奴兵分攻撫寧，被署縣通判姚九華堅守；攻昌黎[51]，被知縣左應選[52]拒敵。初八日砲石逐去招降永平從逆秀才陳鈞敏，十一·十二·十三日，打死攻城賊無數，斬他招

---

42 申輔(신보): 申甫로도 표기됨.

43 通州楊總兵肇基(통주양총병조기): 楊肇基(1581~1630)를 가리킴. 都督僉事進右都督과 左都督을 거쳐 錦衣衛千戶에 이르고 1628년 鎮守薊鎮이 되기도 했다.

44 鎮守(진수): 명나라 때에 一方을 總鎮하는 것. 一路를 獨鎮하는 것을 分守라 하였으며, 一城이나 一堡를 각기 지키는 것은 守備라 하고, 主將과 더불어 같이 一城을 지키는 것이 協守이다. 遼東을 鎮守하는 관은 총병관 1인이며, 廣寧에 설치하였다가 河東遼陽으로 옮겨서 海州와 瀋陽을 조달하고 지원하고 방어하였다. 협수로 부총병 1인이 있고 분수로 參將 5인이 있었으며 遊擊將軍이 8인, 守備가 5인, 坐營中軍官이 1인, 備禦가 19인이었다.

45 天津楊總兵國棟(천진양총병국동): 楊國棟을 가리킴. 명나라 말기의 將領. 山東總兵, 通州總兵, 五軍左都督을 지냈다. 환관 魏忠賢의 양자이기도 하다.

46 梁尚書廷棟(양상서정동): 병부상서 梁廷棟(?~1636)을 가리킴. 1630년 후금이 북경을 공략할 때 袁崇煥을 참하도록 상소한 인물이다. 이때 滿桂는 武經略에 양정동은 文經略에 등용되었다.

47 劉協理(유협리): 副協理兵部右侍郎 劉之綸을 가리킴.

48 鄉紳(향신): 퇴직 관리로서 그 지방에서 학문과 덕망이 높은 사람.

49 孫內閣(손내각): 孫承宗(1563~1638)을 가리킴. 명나라 말기의 군사전략가. 熹宗 朱由校의 스승으로 뒤에 代王을 대신하여 晉나라에서 薊遼督師가 되었다. 寧錦 2백 리에 방어선을 만들어 10만 명의 군대를 통솔했다. 혁혁한 공로를 세워 兵部尚書, 太傅를 지냈다. 그러나 魏忠賢의 시기를 받아 벼슬을 그만두고 귀향했다. 皇太極이 京都를 포위 공격할 때에 희종이 급히 소환하여 계책을 만들게 하여 淸軍을 물리쳤다. 그러나 다시 대신들의 탄핵을 받아 귀향했다. 1638년에 청군이 대거로 공격할 때에 高陽을 지키다가 전 가족이 전사했다.

50 截住(절주): 저지함. 막음.

51 昌黎(창려): 중국 河北省에 있는 지명.

52 左應選(좌응선): 명나라 말기의 정치인. 1629년 直隸昌黎縣 知縣을 지냈고, 1630년 후금이 산해관을 대거 쳐들어와 永平을 8일 밤낮을 포위하고 공략할 때 결사적으로 막아내어 성을 잃지 않았다.

降人李應芳, 打死綠袍金盔酋長一箇。又經孫督理發兵分投迎敵, 斬首千
餘級, 不得東行。薊鎭劉總督[53], 又差副將金日觀, 領兵殺死叛將張萬春,
據住馬蘭・大安等口, 又不能北歸, 虜勢漸衰。獨有協理劉侍郎, 輕兵深
入, 恢復遵化。不意奴賊自永平分兵來救, 大戰, 前軍敗死, 侍郎在娘娘廟
結營, 爲他圍住。侍郎罵賊不屈, 頭中一箭, 身傷兩刀而死。

　　金馬[54]深沈足養高[55], 忠君豈肯惜分曹[56]。
　　請纓[57]未邃平奴志, 熱血猶腥官錦袍。

　　却終久禁不得。聖上留心邊務, 將賞的極其獎賞, 今日催發軍資, 明日
着發犒賞, 器械糧草並無缺乏, 獎勵急援文武, 捉拿怠于勤王, 失悟軍機將
吏[58]。如薊遼劉總督・張總兵[59], 爲失事, 山西耿巡撫[60]・張總兵[61], 爲援兵
潰散, 都擬了辟[62]。援兵不敢稽遲。死事劉協理, 滿孫趙三總兵, 俱贈諡
廕襲[63], 建祠, 其餘將官小吏, 都厚行棺殮[64]・贈襲, 屍棺家小有給勘合與他

---

53 薊鎭劉總督(계진유총독): 薊遼總督 겸 兵部侍郎 劉策(?~1630)을 가리킴.
54 金馬(금마): 金馬門의 준말. 궁궐을 지칭한다.
55 養高(양고): 지조를 굳게 함. 고상한 절조를 지님.
56 分曹(분조): 분할 조정.
57 請纓(청영): 결박할 밧줄을 청한다는 말. 스스로 전쟁터에 나가 적을 격파하고 나라의
은혜에 보답하겠다는 뜻이다.漢나라 諫議大夫 終軍이 긴 밧줄 하나만 주면 南越에 가서
그 임금을 묶어 데리고 와서 闕下에 바치겠다고 청한 고사가 있다.
58 將吏(장리): 文武官吏를 말함.
59 張總兵(장총병): 薊遼 총병 張士顯을 가리킴.
60 耿巡撫(경순무): 耿如杞(?~1631)를 가리킴. 太僕寺卿, 右僉都御史, 山西巡撫를 지냈
다. 1629년 후금이 喜峰口로 쳐들어와 황성 근처까지 약탈했을 때, 경여기가 병사를 이끌
고 황성을 보위하였지만 魏忠賢 일당이 중간에서 훼방을 놓아서 수차례 주둔지를 변경해
야 했고 군량도 주지 않았다.
61 張總兵(장총병): 山西 총병 張鴻功을 가리킴. 1629년 후금이 喜峰口로 쳐들어와 황성
근처까지 약탈했을 때, 兵部가 그를 파견함에 따라 병사 5천 명을 이끌고 황성 구역으로
달려왔는데 梅之煥에 의해 막히자 병사들을 돌보아 줄 것을 청하기도 하였다.
62 擬了辟(의료벽): 擬辟. 사형에 처함.

回鄉的。又因順天府尹不行瘞埋[65]戰士屍骸，禮部覆恤稽遲，嚴旨責問，那一箇忠臣不奮? 降賊官吏卽行處決，幷處逃竄官將，毫不假借[66]，那一箇懦夫不懼? 所以關寧祖總兵，與左知縣，正月二十七日，在昌黎·燕河等處，先後斬獲八千餘級，馬總兵二月初七，在洪橋大捷，斬獲五十餘級，祖總兵二月十一日，石槽兒村，斬級二十三級，尤總兵[67]豐潤[68]斬賊十二級，楊總兵三月初三日，三屯鎮斬級二百，祖總兵素代斬級一百四十三級。洪橋一捷，奴兵不敢西入，素代一捷，奴兵不敢東歸。

孫內閣又見遼兵到處多捷，毛帥原招降統東江兵副將劉興祚，恢復建昌[69]，一戰斬賊級五百八十餘級，人雖陣亡，其兵堪用。恰兵部咨文議調東兵駐松錦里，或天津，孫內閣與關外各道議道:"江東，原牽制之師，于搗巢極便，今春水方生，舟行極利，奴兵擄掠輜重[70]盡歸巢穴，正宜大張聲勢，以牽虜歸巢。"卽行文東江副總兵陳繼盛，相機前進。此時各巢路徑，毛帥平日緝探甚詳，各島軍兵，毛帥調練有素[71]，各將又莫不欣然願完毛帥不了之心，完毛帥未完之局，盡皆分道前往。

陣結先時制，人承夙昔心。
橫戈建州路，飛捷嗣遺音。

聖旨憫惜東兵，又道各島羈危[72]可憫，着東江餉司，自往料理。到三月

---

63 廳襲(음습): 蔭襲. 과거를 거치지 아니하고 조상의 덕으로 벼슬을 이어받던 일.

64 棺殮(관렴): 시체를 관에 넣음.

65 瘞埋(예매): 매장함.

66 假借(가차): 용서함. 관용을 베풂.

67 尤總兵(우총병): 豐潤總兵 尤世祿(?~1643)을 가리킴. 1627년 후금이 錦州를 포위하였을 때, 滿桂와 군대를 이끌고 싸움에 나가 포위를 풀었다.

68 豐潤(풍윤): 중국 直隷省 豐潤縣.

69 建昌(건창): 중국 遼寧省 葫蘆島市에 있는 縣 이름. 요녕성 서남부에 위치한다.

70 輜重(치중): 군대의 군수품.

71 調練有素(조련유소): 평소에 훈련을 많이 함. 훈련이 잘 되어 있음.

初六日, 祖總兵探官賀天喜, 塘報東江之師, 已盡搗奴巢, 斬獲奴賊首級, 不計其數。死諸葛[73]還能走生仲達[74], 若使不亡, 或者絶奴南牧[75], 亦未可料也。今聖上聖神文武[76], 礪精滅奴, 而內外文武之臣, 咸懷忠良[77], 豈止薄伐玁狁[78]? 至于太原[79], 僅僅驅他出境, 還要繼太祖[80]·成祖[81]前烈, 掃穴

---

72 羈危(기위): 羈旅. 어렵고 위험한 처지에 머물러 있음. 객지생활을 하면서 겪는 위험이나 곤란함을 말한다.

73 諸葛(제갈): 諸葛亮. 蜀漢의 宰相. 隆中에 은거하고 있을 때 劉備의 三顧草廬에 못 이겨 出仕한 후 劉備를 보좌하여 천하 三分之計를 제시했고, 荊州와 益州를 취하고 蜀漢을 세우는 데 큰 공헌을 했다. 또 南蠻을 평정하고 北伐을 주도했다. 유비가 죽은 뒤, 遺詔를 받들어 後主인 劉禪을 보필하다가 魏나라의 司馬懿와 五丈原에서 대전중 陳中에서 죽었다. 그가 지은 〈出師表〉는 名文으로 유명하다.

74 仲達(중달): 魏나라 司馬懿의 자. 諸葛亮이 五丈原에서 魏나라의 司馬懿와 대전하다가 병사하였는데, 楊儀에게 뒷일을 부탁하여 제갈량의 죽음을 감추고 싸웠더니 사마의가 제갈량이 살아 있는 것으로 여기고 겁에 질려 도망쳐버렸다. 그래서 "죽은 제갈량이 산 중달을 달아나게 한다.(死諸葛走生仲達.)"는 말이 생겼다.

75 南牧(남목): 남쪽으로 내려와서 말을 먹여 기른다는 뜻으로, 북방 민족이 중국을 침입하는 것을 말함.

76 聖神文武(성신문무): 헤아리지 못할 만큼 智德이 높고 문무에 통하지 않는 것이 없음. 임금의 대명사처럼 쓰인다.

77 內外文武之臣, 咸懷忠良(내외문무지신, 함회충량): 《書經》〈冏命〉의 "옛날 文王·武王은 총명하고 공경하며 성스러우셨는데 작고 큰 신하들이 모두 忠良을 생각하며, 侍御하는 僕從들이 올바른 사람이 아닌 이가 없었다.(昔在文武, 聰明齊聖, 小大之臣, 咸懷忠良, 其侍御僕從, 罔匪正人.)"는 구절을 활용한 표현.

78 玁狁(험윤): 중국 서북지방에 거주하던 부족. 전국시대 이후에는 흉노라 부른다. 《詩經》〈六月〉의 "나가 험윤을 무찔러서 나라에 큰 공을 세울지어다.(薄伐玁狁, 以奏膚功.)"에서 나오는 말이다.

79 太原(태원): 太原鎭. 大同鎭의 남쪽으로 총길이 800여 km를 방어하였는데, 북방민족에게 유린당할 수 있어서 2차 방어선을 구축한 것이다. 三關鎭(偏頭·甯武·雁門의 三關)이라고도 한다.

80 太祖(태조): 명나라 朱元璋. 諡號는 高皇帝. 홍건적에서 두각을 나타내어 각지 군웅들을 굴복시키고 명나라를 세웠다. 동시에 북벌군을 일으켜 원나라를 몽골로 몰아내고 중국의 통일을 완성, 漢族 왕조를 회복시킴과 아울러 중앙집권적 독재체제의 확립을 꾀하였다.

81 成祖(성조): 명나라 제3대 황제(1402~1424). 태조 주원장의 넷째 아들. 이름은 棣. 그의 연호를 따 永樂帝라고도 한다. 태조 때인 洪武 연간에는 燕王에 봉해져 北平을 관할했으나, 태조 死後 왕위에 오른 惠帝가 諸王의 세력을 삭감하려 하자 靖難을 일으켜 惠帝를 폐하고 1402년 제위에 올랐다.

犁庭[82], 肅淸逆虜, 也說甚牽制之功, 但牽制之功, 至今蓋難泯泯了。

　　莫爲忠臣嘆不平, 抒忠秖欲見時淸[83]。
　　平胡差畢生前志, 殉國何知身後名。

　　公論蓋棺應可定, 丹忱歷久自能明。
　　還嗟彩筆爲多事, 點染[84]圖傳不朽聲。

　譜督師就逮, 以快忠魂, 猶是世俗報復之見；及東江搗巢之事, 以抒忠志, 眞得泉下之心, 而東江眞有結局矣。

　遼事垂成而敗者四: 四路極將之宿・兵之銳, 而敗于迂；遼瀋已有可固之勢, 而敗于踈；廣寧敗于不和, 而東江又蹈之。意者生民應有此塗炭, 天地以此著群忠之節乎! 然而傷元氣而焦聖主者至矣。

---

82 掃穴犁庭(소혈여정): 犁庭掃穴. 소굴을 소탕하고 조정을 갈아엎어 밭으로 만들어버림.
83 時淸(시청): 시국이 평정되어 안정됨.
84 點染(점염): 조금씩 물들음.

찾아보기

⟨ㄱ⟩

가정(家丁) 84
각화도(覺華島) 28, 86
강동병(江東兵) 70
개주(蓋州) 14
건주(建州) 16-19, 71
건창(建昌) 70, 117
경성(京省) 27
경여기(耿如杞) 69, 116
계주(薊州) 62, 63
계진(薊鎭) 50, 53, 68, 102
고미점(高米店) 62
고산(孤山) 17, 79
고안(固安) 57
곽지종(郭之琮) 54, 105
관녕(關寧) 69
관문(關門) 30, 31, 33, 34
관상(關上) 28
관새(關塞) 29, 49
광녕(廣寧) 72
국화도(菊花島) 86
금녕(金寧) 18
금의위(錦衣衛) 65, 113
금주(錦州) 17, 50, 52, 79
금주(金州) 14, 21
금해령(禁海令) 28, 35
기린각(麒麟閣) 65, 113
기패관(旗牌官) 32
김 태감(金太監) 63

김일관(金日觀) 68
김정경(金鼎卿) 37
김첩(金捷) 63

⟨ㄴ⟩

난하(灤河) 48, 100
남목(南牧) 118
남해자(南海子) 62, 111
낭랑묘(娘娘廟) 68
낭만언(郎萬言) 14
내간(內間) 13, 75
내주(萊州) 27, 32, 40
노감(老憨) 17
노구(蘆溝) 55
노구교(蘆溝橋) 62, 67, 111
노아합적(奴兒哈赤) 14, 77
노추(奴酋) 15, 29, 32, 49, 50, 51, 61,
    65, 67, 68, 70
노추(虜酋) 59
누란(樓蘭) 83
누란왕(樓蘭王) 23
누르하치 59

⟨ㄷ⟩

단도제(檀道濟) 36, 92
당환순(黨還醇) 58, 108
대소흑산(大小黑山) 37
대안(大安) 65
대안구(大安口) 48, 50, 68, 102

대와가(大窩家) 15
대왕산(大王山) 37
대왕자(大王子) 14, 16-18, 19, 21, 22
대해선(大海船) 32
덕승문(德勝門) 62, 111
도숭도(陶崇道) 47, 99
도찰원(都察院) 106
동강(東江) 26-30, 34, 36, 37, 39-44,
　　46, 49, 50, 59, 60, 61, 65, 72
동강병(東江兵) 44, 70, 71, 72
동안후(東安侯) 63
동양성(佟養性) 14, 76
동추(東酋) 50, 65
동화문(東華門) 64, 113
둔보(屯堡) 57
둔전(屯田) 27
등래(登萊) 28-33, 35, 40, 45
등주(登州) 27, 32, 40

〈ㅁ〉
마란(馬蘭) 65
마란욕(馬蘭峪) 50, 51, 68
마복(馬服) 103
마복군(馬服軍) 52
마세룡(馬世龍) 46, 56, 66, 67, 69, 98,
　　107
만계(滿桂) 52-54, 56, 62, 63, 66, 67,
　　69, 104
만리장성(萬里長城) 33, 36, 50, 65
모문룡(毛文龍) 14-18, 20, 21, 23, 24,
　　27-34, 37-39, 41-44, 46, 47, 49,
　　59, 60, 61, 64, 70, 71
모승록(毛承祿) 44, 61
모승의(毛承義) 37

모영조(毛永祚) 23
묘도(廟島) 33
무녕(撫寧) 68
무상(撫賞) 19, 81

〈ㅂ〉
반간(反間) 13, 75
백련교(白蓮教) 33, 90
백이관(百二關) 60
보정(保定) 52, 56, 104
복건성(福建省) 49
복주(復州) 14
본색(本色) 27
부 기고(傅旗鼓) 39
북경(北京) 33, 51, 52, 56
북관(北關) 13, 75
북신구(北汛口) 37
북진무사(北鎭撫司) 65

〈ㅅ〉
사간(死間) 13, 75
사간(史諫) 58
사도(蛇島) 37
사마의(司馬懿) 71, 118
사 부장(謝副將) 43
사 참장(謝參將) 39, 40
사왕자(四王子) 14, 16-19, 21, 22
산동(山東) 52
산서(山西) 52
산해관(山海關) 27-29, 50, 59, 61, 63,
　　64, 66-68, 70
삼둔진(三屯鎭) 69
삼차하(三岔河) 17, 80
삼하(三河) 57

상방검(尙方劍) 42, 43, 95
생간(生間) 13, 75
서광계(徐光啟) 53, 104
서로(西虜) 49, 50, 63, 68
서부주(徐敷奏) 44, 49
석교산(石橋山) 67
석문역(石門驛) 51
석조아촌(石槽兒村) 69
선대(宣大) 52, 56, 104
선무(宣武) 55
선무문(宣武門) 106
성조(成祖) 71, 118
소대(素代) 70
손승종(孫承宗) 68, 70, 115
손조수(孫祖壽) 69
송금리(松錦里) 70
송목도(松木島) 37
순의(順義) 57
숭문(崇文) 55
숭문문(崇文門) 106
시사(豕蛇) 100
시호삼전(市虎三傳) 91
시홍모(施弘謨) 66, 114
신보(申輔) 53
신보(申甫) 67, 114
심양(瀋陽) 72
쌍도(雙島) 36, 37, 46, 47
쌍중도(雙中島) 37

〈ㅇ〉

아복태(阿卜太) 52, 66, 104
악비(岳飛) 46, 99
안상달(安上達) 58
안정문(安定門) 62, 111

압록강(鴨綠江) 16, 78
양국동(楊國棟) 46, 67, 98, 115
양기례(楊其禮) 58
양정동(梁廷棟) 67, 115
양조기(楊肇基) 67, 69, 115
양초방(楊初芳) 58, 109
양향(良鄕) 57
억이(薏苡) 98
여순(旅順) 34, 35, 41, 90
연연산(燕然山) 26, 85
연하(燕河) 69
염명태(閻鳴泰) 20
염명태(閻鳴太) 81
염 총독(閻總督) 20, 81
영원(寧遠) 17, 28, 35, 37, 39, 40, 41,
　　　45, 50, 59, 61, 64, 66, 79
영전(寧前) 95
영전도(寧前道) 41
영제(營制) 39
영평(永平) 67, 68
오구(吳鉤) 93
오기(吳起) 96
오룡강(烏龍江) 16, 17, 78
오서(伍胥) 96
오아형(吳阿衡) 56, 107
옥전(玉田) 57
옹성(甕城) 111
와가(窩家) 77
왕 기고(王旗鼓) 39
왕 독사(王督師) 20, 81
왕민정(王敏政) 63
왕방정(王邦政) 54
왕 부장(王副將) 39, 40
왕 부장(汪副將) 43

왕서(汪敍) 39

왕 수재(王秀才) 51

왕 순도(王巡道) 35

왕순신(王純臣) 50

왕원아(王元雅) 52, 103

왕재진(王在晉) 53, 104

왕저(汪翥) 39

왕지신(王之臣) 20, 81

왕 태감(王太監) 63

왕 해도(王海道) 32, 34

왕화정(王化貞) 14, 76

요구화(姚九華) 68

요동(遼東) 17, 21, 28, 29, 31, 38, 70, 72

요양(遼陽) 16, 18, 19, 22, 24, 78

요해(遼海) 33

용정(龍井) 65

용정관(龍井關) 50

우록(牛鹿) 17, 22, 23, 79

우세록(尤世祿) 69, 117

우세위(尤世威) 53, 54, 105

운몽(雲夢) 47

운종도(雲從島) 16, 78

원숭환(袁崇煥) 17-20, 27, 28, 47, 54, 60, 61, 63, 64, 67, 79

위율(衛律) 21, 82

유계(幽薊) 100

유관(榆關) 30, 88

유대유(俞大猷) 63, 112

유신(劉伸) 58, 109

유애탑(劉愛塔) 14, 15, 17, 19-23, 61, 77

유인조(劉仁祚) 14, 16, 21, 23

유지륜(劉之倫) 53, 67-69, 115

유책(劉策) 68, 69, 116

유흥조(劉興祚) 23, 24, 44, 49, 70

육왕자(六王子) 14, 16, 18, 19, 22

윤계하(尹繼何) 37, 43

이건방(李建方) 53

이괴기(李魁琦) 49

이릉(李陵) 21, 82

이영방(李永芳) 14, 15, 17-21, 24, 76

이우무(李友武) 51

이응방(李應芳) 68

이정표(李廷表) 58

일편석(一片石) 29, 87

임광유(任光裕) 58, 108

〈ㅈ〉

장국병(張國柄) 40, 42, 43

장군관(將軍關) 51

장만춘(張萬春) 51, 68

장복안(張福安) 50

장사현(張士顯) 69, 116

장산도(長山島) 28

장 총병(張總兵) 69

장홍공(張鴻功) 54, 69, 105, 116

절색(折色) 27

정양(正陽) 55

정양문(正陽門) 106

정지룡(鄭之龍) 49, 101

제갈량(諸葛亮) 71, 118

제지(齊地) 30, 87

조대수(祖大壽) 67, 69, 70, 71

조랑백안(朝浪伯彦) 50

조불기(趙不忮) 40, 42

조선(朝鮮) 17, 19

조솔교(趙率教) 35, 50, 51, 69, 90

조천수(祖天壽) 50, 62, 63, 66, 101

조 총병(趙總兵) 35

조휘중(趙暉中) 58, 109

좌응선(左應選) 68, 69, 115

주매(朱梅) 28, 86

주진(周鎭) 50

준화(遵化) 51, 53, 54, 66-68, 102

중달(仲達) 71, 118

진강(鎭江) 22, 83

진계성(陳繼盛) 22, 44, 61, 70

진계유(陳繼儒) 61, 111

진균민(陳鈞敏) 68

진미공(陳眉公) 61

진비(晉鄙) 47, 99

진수(鎭守) 115

진왕(秦王) 36

〈ㅊ〉

창려(昌黎) 68, 69, 115

천진(天津) 40, 67, 70

철산(鐵山) 16, 17, 23, 45, 78

철신(鐵信) 14-16, 21

첨수참(甜水站) 22

청석령(靑石嶺) 22

초화(炒花) 13, 76

총병부(總兵府) 32

〈ㅌ〉

탁주(涿州) 57

탈건지변(脫巾之變) 85

태원진(太原鎭) 71, 118

태조(太祖) 71, 118

통주(通州) 67

〈ㅍ〉

팔교(八轎) 66

평대(平臺) 63

풍윤(豐潤) 69, 117

피도(皮島) 15, 28, 33, 77

필자숙(畢自肅) 28, 86

〈ㅎ〉

하남(河南) 52

하린도(何鱗圖) 40, 42

하마도(蝦蟆島) 37

하마위(下馬威) 84

하서(河西) 50

하천희(賀天喜) 71

한고조(漢高祖) 47

합라(哈喇) 24

합미(哈迷) 21

합적(哈赤) 14

해경부(解經付) 54

해금령(海禁令) 29, 33, 40

향간(鄕間) 13, 75

향하(香河) 57

험윤(玁狁) 71, 118

호감(虎憨) 13, 76

홍교(洪橋) 70

홍교대첩(洪橋大捷) 69

홍이(紅夷) 101

황성도(皇城島) 32

후세록(侯世祿) 52, 54, 104

흑운룡(黑雲龍) 66, 114

흥조(興祚) 23

희봉구(喜峯口) 29, 50, 87, 102

영인자료

요해단충록 8

『古本小說集成』 72, 上海古籍出版社, 1990.

여기서부터는 影印本을 인쇄한 부분으로 맨 뒷 페이지부터 보십시오.

卷之八

第三十六回

奇間欲辣骨肉　招降竟潰腹心

上戰詘戈矛　戎與自敵國

巧計離其群　片言剪乃翼

潰在心腹間　變生肘腋側

笑彼恃勇夫　爭強唯在力

兵家有用間一法其間有五是鄉間内間反間死
間生間此間敵之情者也我以爲離敵之勢其間

三十六回　一

有二無過間其外以伐其交間其內以攜其親間

外伐交如昔厚埴北關今日厚欵西虜炒花虎慈

是了間內以攜其親如王撫先時間李永芳間郎

萬言間哈都是了不知內中還有一箇可間處若

論中國立君的法是立嫡不然立長他虜俗乃探

籌却立了箇四王子這大王子六王子他平日各

擁強兵屢次征討昔月弟兄今日君臣也不免微

有不平况內中李永芳與大王子交好佟養性與

四王子交好劉愛塔與六王子交好也都各親其

親兄李永芳因勸哈赤莫殺遼人佟養性魂他不

恋中國幾乎殺害得大王子力勸其妻的哀求免

得一死劉愛塔要舉金復蓋三州投降事露佟養

性勸奴兒哈赤殺他得六王子李永芳劉愛塔都是一黨至

下都與佟養性結优李永芳劉愛塔

此四王子做了惷佟養性一發得力勢越不相下

先時李永芳中軍鐵信原也是毛帥差人結識的

劉愛塔兒弟劉仁祚當日曾來皮島見毛帥求免

死牌毛帥也是厚待的這兩箇原是毛帥的細作

良心

大窩家。所以奴酋要來入犯李劉兩箇耶竟得知。

鈇信劉仕祥即着人傳報毛帥得以禦避實屢次有功後邊厚賄着這兩箇勸李永芳與劉愛塔歸國李永芳道生員叛逆之名死作蠻夷之鬼也。

是不願的但我兩箇在這邊是箇虜中大將。在中國不過一箇叛人中國要我做甚若我一降既不了勢中國要殺我囚我也隨他了除非毛帥為我了勢中國要殺我囚我也隨他了除非毛帥為我討得一道免死聖言我纔敢放心棄虜歸國。毛節差人覆道你能舍虜歸降反邪從正豈有箇害

你之意。害你是絕了歸降門路了若要請占一露

在表章。奴酋奸細滿京緝知豈不爲你之害李永

芳與劉愛塔兩箇。也不敢信也不拒絕嘗時審審

信使往來到此時毛帥又暗差人去對李劉兩箇

說叫他勸大王子六王子與中國通欵將建州分

立他兩箇爲王就把這節事做他兩箇的歸國奇

功。

　憑將如劍舌　　劈碎並根花。

把這事審密寫了封在蠟丸裡差人與鐵信劉仁

卜己集　　三十六回　　三二

5

祚厚有金銀贈他兩箇乘空投了書劉李兩箇不

答書只說待有機會。我自有人來報。兩箇都留心

在意當大王子六王子兩箇犯鉄山與雲從時被

毛帥敲去鴨綠烏龍江冰凌拘去船隻把他要回

不得回這邊四王子也着急要去救不能過江延

了幾時攜得胡鮮些船回到遼陽李永芳與劉愛

塔去賀他道廝得天助得回家來王子冐險遠去

得來金帛也要分與四王子倘或有些一差二悮。

豈不是兩箇王子承當從今出征也是一箇有禍

無功的事業。兩箇王子也嗔四王子不發救兵自
巳在朝鮮相殺被毛帥兵馬邀截也喫些一驚這一
橬也不免心動後來要冦寧遠也只推兵馬初戰
回來還少歇息他故此只是四王子父子兵殺來
兩王子也不來接應李劉兩箇時常乘機打動他
不消說得聽得寧遠錦州不曾得利反失了兩箇
兒子四箇孤山三十餘箇牛鹿李永芳對大王子
道當日老憨在建州儘自安逸後邊得了遼東家
當大了也勾列位王子安身却不住出軍惹得毛

文龍來搗巢。跑得病死。如今袁崇煥差人來講和

便乘勢與他分三岔河為界也可收兵保守家當。

却又要王子起兵到鐵山幾平把王子送在烏龍

江外反又與朝鮮結得海深的怨惹了兩箇對頭。

却又去惹袁崇煥他這番聚起兵鑿三面夾來却

也利害。怎便好收手不收手以後只是靜坐保守

家當的好兩箇雖然攛他却不敢把這平分建州

的話與他說恰好大王子六王子家下六箇人被

毛帥拿去已經起解。毛帥想起要用他差人追轉

說他不愛寰遶

重賞了他。與他一封書叫他送與兩箇王子。大意

叫他讓還遼陽退回建州。將建州地方兩箇分管

還他當日都督官銜。仍許通貢不得黨逆自收誅

夷乘四王子在錦寧時。着他送書與兩箇王子王

子不辨漢字。請李永芳去解說。李永芳與他說了

大王子道這事怎麼處。李永芳道論起遼陽得來

甚是艱難。豈有讓還之理。只是遼陽一帶金帛子

女歸了王子。剩幾箇窮民歸了毛文龍。也只是一

片荒地。要他沒用。況且也屬了四王子與王子無

卜島兼 三十六回 五

可聽

于就是四王子做了憨王子也只是箇臣不若傚
他仍舊做了都督臣服天朝守了建州丟下遼陽
聽毛文龍袁崇焕自與他爭我都得他年例這些
撫賞又省得與兵動衆也是一策但只王子是箇
兄弟怎下得坐視任他爭鬧之理大王子道他也
下得撤咱乜个朝鮮來。況我居長怎做他的部下李
永芳道這王子再與六王子計議兩箇計議又當
不得劉乂塔在六王子前攛掇兩箇就叫李永芳
與劉愛塔回書李劉兩箇也假推辭說不敢與毛

文龍相通兩王子勉强繾綣應書到。毛帥說願讓崗

陽聽毛帥與兵自向四王子取不來救應他自退

回建州照舊做都督進貢討賞毛帥又書道若只

退兵不救援。朝廷怎肯就復官必須做箇內應

深得四王子方可兩箇王子又與李永芳劉愛塔

計議叫他只管整頓兵馬盡力去殺四王子他兩

箇自先退回老寨他勢單弱畢竟不敢邇殺李劉

兩箇各統一支兵聲言助他乘機行事但老帥信

得劉愛塔李永芳是箇實心要歸降的還怕兩王

一采卜   三十六回   六

子有變，且要征四王子也，須得大兵却。聖上初

卸位掣回鎮臣，便呼吸不應，要得協力闔總督王

督師都因人彈劾都不敢任事。直待袁督師來他

自任五年減奴。聖上又許接濟糧餉軍需是簡

做得事來的要思量與他商議兩路出兵共成此

事也是簡事不煩巧李永芳早病死了。

生為異域人　　　死作異域鬼

有心誰與明　　　青史尺遺稿。

永芳人多傳他有心中國臂曲全遼人嘗止他入

此同作全
日降人展
儲

竟願自援來歸又以罪深恐自投陷罕卒悒讟死

胡地世亦等之李陵衛律此可見人一念不慎便

抱戀一生遺臭千古李永芳死大王子處沒了簡

幫助的劉愛塔也是簡少作爲的把這局弄緩了

似此因循已到冬底毛帥不時有人在鐵信劉仁

祚家來輯探消息道日鐵信因與簡鄰人晗述相

爭他見他家中常藏有來往遼民告他窩藏毛帥

細作四王子大怒竟差兵馬趲來將鐵信一家幷

兩簡毛帥差人都殺了却不曾問得他口詞不曾

下卷長　三十六回　七

自古受隆
如此散敵

叫搜他甚書扎家私都爲各轄子搶散沒此二形影，

故此結連兩箇王子事都不露只是劉愛塔膽寒

了怕兄弟藏有遼民惹出事來怱寫書約毛帥道他

要緊鹵要兵接應毛帥止他。要成內應這件事他

怕似金州當日被人首發執議要來道若界與兵

復遼陽我做先鋒自然大王子六王子退兵決不

來敵我的部曲還來助我成功毛帥只得應了差

陳繼盛在鎮江接應又撥水兵在江口渡他又申

飭沿途守堡各將防他有兵追趕防備出兵截殺

那廂劉愛塔叫兄弟選了一二百匹好馬悄悄將
家眷上了車逕自遼陽奔過青石嶺向甜水站一
路歸降只是人見劉愛塔不奉差遣私自出城又
帶有妻小馬匹都有些疑他來報四王子四王子
着人看他住所果是奔得一空四王子大怒叫過
一箇牛鹿與他精兵三千追趕劉愛塔若追他不
着砍你的頭來見我這牛鹿得了令帶了三千人
馬即刻起身往復查訪之間劉愛塔已去了一日
了況且劉愛塔揀選的是好馬又防四王子追趕

子母象　三十六回　八

15

趙得路快已到鎮江陳繼盛盛樓住護送他落了船

渡過江來一路馬不停來奔毛帥大寨毛帥也自

率大軍排列得軍容好不齊整出來受降劉愛塔

見了疾忙下馬拜道興祚得罪 天朝全仗都督

保全毛帥下馬忙扶起道足下不忘中國輸心來

歸敢不推心相待共成大功就撥房屋與他居住

送有米糧金帛把他劃授箇遊擊仍名劉興祚見

弟劉仁祚劃授守備着他單管降夷訓練一支夷

兵衝鋒陷陣。

乍脫韁衰域。

王恩何以報。

那邊這牛鹿一路不分晝夜追來莫說拿不着劉愛塔弟兄便他的家丁也拿不着一箇沒奈何領了這三千鐵騎一直趕來沿路嚷要劉愛塔直奔鐵山被鐵山守關都司毛永祚早先預備到關下時一陣銃砲先打他一箇下馬威仍復督兵殺出殺得這干韃子沒命逃走却又一路撞出兵來兵少的也只虛聲驚嚇他兵多的便出兵邀截追殺

還登上將壇

願為斬樓蘭，

三十六回　九

平山集

這牛鹿起了幾日人馬俱疲。不惟不得劉愛塔反

又折了許多人馬。毛帥目得了劉與祚兄弟將虜

中虛實時時問他。知他弟兄之間果有不相顧之

意他也把復遼陽做掌中擄中泛了劉與祚却又

失了一箇將官毛帥這一間說離他骨肉遷又哭

削他羽翼可也是箇奇間。

關上哈喇之使只可云窺不可謂間以間不能

入也此以劉李爲間是間于內大有可成之

機惜乎志之不遂也意者天不欲掃殘胡歟

說者曰毛帥以此商之督師欲與共功督師反
欲自專其績因與虜謀而殺毛帥噫用間者
反中間乎

干心衰

三十六回

十

第三十七回

改運道計鎭東江　彰軍民急控登鎭

不械何攻非糧何食英雄束手應無策休

言空想勤無然脫巾難免三軍莅　徵取

窮膏輊輸窮力中原疲散還憊惻一航弊

却不教通間關山海無休息

又　三十七回　一

鱗甲豁胸雌黄滿臆同舟不解相憐恤否

籌浪謂鎭東江自孤羽翼束何俊　審網

潛張輕弦蹀弋　殺機隱隱人難測生平疆

眦喜消除短謀終是能妨國

右調踏莎行

東江糧餉據毛帥疏八年之間實收本色二百二十萬八千折色一百四十萬一千三百是每年費本色一十五萬折色一十七萬五千有零每年共費三十二萬五千有餘以內地言之每兵每日餉三分積年該十兩八錢每萬兵便該銀十萬八千計東江一年所收亦不過可養三萬戰士若海外

米糧布帛價增于內地，兵餉應加。則三萬人還不
彀還有泰遊守把的廩給口糧。都無從出真兵部
所謂不過部劄虛銜並未沾　國家廩餼況與客
商對會客商非利不往不免十不得入京省發餉
又有解役侵盜也曾拿□在京槽行開鞘盜用員
役直是不敷所幸有在島的屯田登萊的商販助
他不及又恃得毛帥恩足感人威足伏人有餓死
不擄掠的光景所以不幾不然衷督師將出關時
寧遠為糧餉不繼殺了巡撫綁了總兵朱梅若

三十七回　二二

不是袁督師亦出關撫安，未免不挈寧遠降虜至

于軍器器嘗言道器械不整，以率予敵更自不可缺

之的，不料督師到關上半年，正月間也不知是要

統一權柄也，不知故難毛帥向來東江糧餉器具

都從海運若道海運風濤危險，自覺華至各島也

有風濤若道是不費省力登萊走長山皮島都是

水裡若由關上不免騾隴車運若仍由水自登萊

至各島一水之塊若入覺華既自登萊北向而入

覺華復自覺南出迤東而入各島費多少轉折更

有機騐歛發。益多虧欠。要禁海不許商賈私自下

海商賈不通。士卒遼民所有參貂委之無聊布帛

米栗其價必騰湧。所得兵餉越發不敷這叚議論

畢竟是驅遼民遼兵怯弱的饑寒窮困填于溝壑

驅遼民遼兵強悍的迸凶背叛入于奴酋若說防

奸細善防奸細卽通海禁也無妨若不善隄防說

得箇山海關譏察其詳其餘喜峯口一片石那一

處不是奸細出入之區却要斷他這條路卽是不

欲使他聲息與中國相聞使他不得與登撫成質

十二張　　　三十七回

指之勢。要使他仰哺于我島上之功皆歸關上之

功所以其一箇區畫東江疏要東江糧米器械都

從關門起運仍嚴海禁不許通商奉

聖旨毛文龍孤軍海外向苦接濟不前卿統悉籌

畫勵志滅奴從此料理步步向東毛文龍照應步

步向西進取方規而加商議果確有勝着朕何難

有百萬之餉文龍但矢圖實效勿領浮言卿亦宜

推誠共濟務收成績登萊申嚴海禁及設餉司糧

運該部速行酌委具覆隨經部覆把東江錢糧器

用俱從關門,起運登萊各項商買不許入海各島。

差遣都由關門不得擅入登萊。

齊地榆關道路遙。

軍民楂腹方愁切。

却閑畵舫急征輺

何事睚眦未肯消

此時一遍　言下八巴報入登萊登萊守巡俱于

海口嚴立禁牌這些商買自然不去。島中漸也有

無不相通。嘗言道寧可沒了有不可有了沒各島

自通商也稍饒裕到此不免惶惶況且又聞得糧

餉器械改運在關門轉給道路紆遠愈恐躭延時

干島島　三十七回　四

日不能接濟一齊申文到毛帥府中。毛帥也在那

廂籌度這件事道商買不通還靠得簡登萊發運。

及時糧餉不足還靠得一簡客商可以那借今糧

又敗了運道商又不通豈不坐斃若我今日不為

料理必致使軍民窮餒而死是誤了生民若民情

不堪或有變故畢竟還誤在國事各島洶洶要他

具題仍舊他只得移文督師倡言自登萊發運及

通商之利自關門發道里迁遠必至勞民傷財號

延時日又具本題請。

旨一時未下各島又偏來

催取糧草催取器械月無虛日遼民乏食也都不

毛帥號哭控訴毛帥此時心上甚是不忍道若是

文龍無功得罪于　聖上若骸髒得罪于當事某...

文龍一身足矣何苦及兵民也便淚下想道我...

去求督師他一時意見豈有自結自解之理不若

且向登萊謁見守巡一來催他舊欠糧草以濟月

前不及二來見他備說關門之運殊爲不便要他

代題也是一策因帶了十號大海船逕向登萊進

發不一日來到皇城島

三十七回

五.

彰念軍民聲欲吞。　海隅何路叩　天閽。

樓船直指登萊地。　要借人言達至尊。

正是四月初十日海上是汛期海邊瞭哨見大船
十餘隻都有旗號刀鎗怕是賊船且又邊上又傳
奴酋得高麗海船四百隻希圖入犯怕是奴酋兵
船忙報入總兵府海道總兵與海道傳有令旗令
箭着各船整飭器械都排在海口府縣官分付開
了城門還又着人打聽是何船隻哨探的擇了一
隻小船遠又着不分明近又不敢正在兩難忽然

船上一箇旗牌叶南兵過來、是毛爺兵船哨探的

繞敢過去與進艙中叩見毛帥。毛帥道我此來爲

糧務、可與兵爺講我要相見、賞了探哨的探哨的

回報城中都已放心、却没人敢去、此有王海道他

曾查核各島兵馬、在皮島與毛帥相見、便分付駕

船出海相見次日王海道出洋時、毛帥船已移近

廟島來了、兩下相見署叙潤悰、毛帥甚言各島軍

民絶糧兩月、今督師改了運道登萊既已絶運關

門又未得來、似此怎好意有登萊舊欠糧餉署少

給發以支各兵目下。待本鎮自赴京面奏　聖上，
與戶兵二部參酌，仍復運道通海禁鹿不致匱乏。
可收滅賊之功王海道道登萊向缺餉委因災荒
更值白蓮教兵擾百姓拖欠不完所以不得解全
原非該府有而不解至于面　君一說大人遼海
長城豈可一日輕離島上，倘奴賊聞知傾兵犯島
脫有所失爲罪不小月督師連有奏疏要至旅順
與大人相會商確滅奴事宜不若在彼酌議想督
師矢心爲國必無壁執豈因一運道至有不從毛

一片理豈是執拗

帥道文龍迫于軍民之號呼待斃不得已欲爲群

生請命旣承明教文龍只得靜聽督師酌議至于

改運道一事實是不便譬如貴轄航海極便豈可

舍舟就陸遠至關門關門又添一東江之轉運是

關門不疲于虜疲于東江了王海道亦首肯所遊

送別了

一腔忠憤無由達　　却向相知訴夙心

王海道卽行府取銀一千兩作爲僧餉以濟少時

又送些禮儀毛帥隨開船回島只要待督師相會

三十七回　　七

明言運海之便要他仍舊還又約東海上各島
目

軍士不得訛言炫亂軍心果然督師因題本會議

將軍中事務暫令趙總兵與王巡道管理自五月

十二日出海望旅順而來這廂毛帥也帶兵船直

到寧遠相接

禁海與改運道委是不妥創議者豈不知之特

借此以鈞之至耳至登萊之來得千金而卽

去咆哮跋扈者固如是乎甚知市虎之易成

也

改運道巳伏殺機。謂同謀而殺之恐非誣也。

三十七回　　八

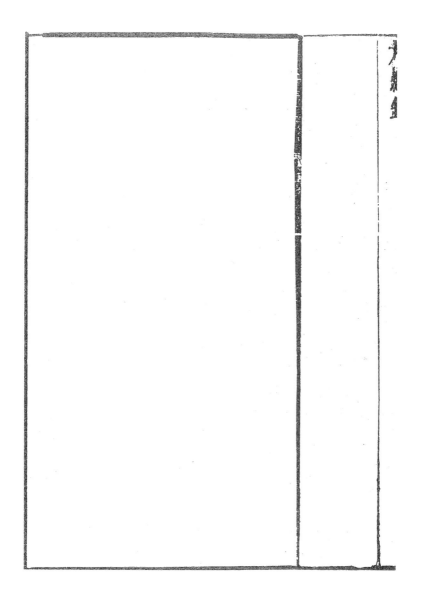

第三十八回

雙島屠忠有恨　東江牽制無人

敵未亡兮弓巳藏。　令人揮淚額蒼蒼。

驅除未竟英雄志。　蓁菲猶汗烈士腸。

自壞長城嗟道濟。　變生繞杜駭秦王。

素車白馬東溟上。　一孤雄心未易降。

人生自古誰無死宛轉絣蓐痛楚不勝又是一千

女哭兒啼撓亂方寸倒不如一刀兩斷何等奧快

何等決絕但這簡死于陣上是一刀一鎗事業也

三十八回　一

必竟斫得他幾人。縱不然為他拿去痛罵他一番

斷頭刎頸。卻也轟烈。悩是死于忌者之手孤忠不

顯。卻負惡名。這便是海潮雷動猶作不平之鳴急

浪花飛尚洒孤臣之涙啜其泣矣嗟何及矣欲起

其人于九原支半壁之天下而其人已矣骨已朽

矣不亦深可痛哉毛帥心知為國絕没箇猜嫌顧

慮肚腸一聞督師奉　旨會議就駕着船直至寧

遠不料督師已自五月十二起身二十三龍武后

營都司金昴卿帶領兵馬迎接督師着船中相見。

傍坐賜了酒飯二十四日將來迎接東江兵都舞

人賞米二斗二十五日北汎口開船出大王山雙

中島住了一日二十七日登州遊擊尹繼何帶水

兵來迎接二十八日從松木島大小黑山蛇島蝦

蟇島復宿雙島旅順遊擊毛承義來迎接二十九

日毛帥自寧遠繞到初一日兩下相見交拜了毛

帥送下馬飯督師就留在船中同飯了毛帥謙遜

坐在側飯後辭出督師也隨來拜望兩箇坐了督

師道如今遼東海外只本部院與貴鎮二人榜須

三十八庖

同心共濟以結此局本部院不避艱險到此要與

贊鎮商畧一箇進取之計國家大事在此一舉毛

帥道文龍在海外八年也建有功績苦乏器械馬

匹不得遂滅奴之志若得推心應付自當竭力以

收滅奴之功毛帥辭別回船傍晚毛帥設帳房在

崔上大陳水陸欵待督師督師也欣然相接始初

還坐席隔遠到後邊督師卬移卓相近督師又開

懷暢飲附耳細說極其歡洽到二更各回了帳房

歡情浹洽醉顏酡　　　　笑裡吳鈎幾矢磨

自是將軍疎知器。　行看側趨入目羅。

初二日兩人又相見督師將毛帥夷丁人各賞他

銀一兩米一石布一疋把小惠收拾他人心酒飯

又喫酒到三更初三兩箇都是便服在島上開忌

也喫酒至晚莫說毛帥自家沒了忌嫌連帳下人

也說他兩箇相好得極也不來顧他了總是毛帥

雖有機器却終是武人見督師一來也無大經緯

不過看視海島與犒賞士卒一番屈盡東江不過

是分他部下爲四恊毛帥居中運掉這叫營制毛

三十八囬　三

帥也不知他暗中心也無不依從，酒後毛帥自回。

督師却喚副將汪翥汪叙兩簡進去密語到一更

纔出來。初四日又大賞東江將士，晚間又喚王旗

鼓傳旗鼓王副將謝奎將進去相見。初五日督師

傳令，着王旗鼓傳旗鼓將帶來銀十萬交與東江

將士把他將士調開了，叫王副將謝奎將率兵登

岸擺圍比箭，適毛帥進來，請問回寧遠日期督師

道只在明日就留毛帥同看射箭督師又道明日

行急不能面謝了。

國家海外重寄全仗貴鎮本

部院合有一拜。拜罷督師邀毛帥帳房中飲酒。叫

各營兵分到四面擺圍去。王副將謝叅將已受了

密計把兵一擺早將毛帥隨來將官家丁截出了

圍外了督師一看傍邊不大有毛帥的人這邊兩

簡都司趙不恢何鱗喬一簡旗鼓官張國柄緊緊

帶有督師家丁站在帳前督師又叫張國柄送酒

與毛帥張國柄就站在毛帥席邊督師郤假帶着

酒道本部院節制四鎮淸嚴海禁寳恐天津登萊

受心腹之患今設立一簡東江餉司錢糧由寧遠

矣　爲國屬身　　　　正氣

丹忠錄

遼東江亦便。昨與貴鎮相商。怎必欲解銀自往登

萊買糴毛帥道。本鎮誠恐路迂接濟不時且更勞

民故不若登萊爲便督師道。本部院欲分旅順東

西節制。這邦未爲不可毛帥道節制一分東西不

無推諉總之同心合力何難佐督師奏五年之功

督師道難道我區處都不是的。毛帥道丈龍亦不

敢堅執已意只圖爲國計便利耳督師道難道我

不爲國你冒功冒餉說謊欺君我不處你你敢來

抗我麼毛帥道督師若以我爲冒功寧遠數戰何

不也殺取幾箇韃子獻功、若說冐餉曰昨督師安
慰東江將官道寧前官有許多傔兵有許多糧尚
不足飽各將士海外勞苦只得米一斛還要養家
是東江常苦不足還有冐也並無甚說誑君
督師道還敢強辯我就把上方劍斬取你的頭毛
帥也只道他使酒全不在意又道我有功無罪只
見督師把張國柄一看張國柄靴中取出刀來便
把毛帥劈頭一刀毛帥道你不奉　　　肯敢害我側
邊趙不忮何鑅臰轉過來攔上兩刀早巳氣絕時

卜正录　三十八回　五

45

年五十三歲。毛帥手下親丁有八九名跑過來救

應帳前趙都司帶有百餘人。都一齊動手殺訖

八載艱辛回海東　　神謀所向着奇功

旗奪夜月強胡縛　　馬蹴春冰醜虜空

百萬黔黎歌德盛　　千羣鐵騎泣恩隆

可堪功大還招忌　　血洒平原野草中

又

椵淋闖荒墟　　遺民樂有居

忍饑朝扼吭　　披月夜乘虛

所從少正
其堪豪

下士歌吳起。　含寃泣伍胥。

九原難再作。　憂國一欷歔。

督師叫張國柄傳令道奉。聖旨毛文龍冐功冐

賞跋扈不臣罪在不赦巳經部院以賜劍斬首其

餘將士不戮一人不得訛言取罪其時罷圍將士

聞了一驚東江兵士洶洶的憤怒當不得現在的

兵士止一千八百員名督師預分付汪副將謝副

將等整肅兵有萬許又都作準備弓上絃刀出鞘

把督師帳房環得鉄桶一般遊擊尹樂何又巳奉

事巳象

三十八问　六

可憐

令備有座船二十隻。在島下以備緩急東江兵士

也無可奈何強的把器械來撤去喧嚷道似這樣一

大功怎將來屈害了弱的也流淚道。毛爺這樣一

簡好人赤心為國不得令終有幾箇將官具道是

奉　旨又怕督師兵威也只嘆功高見忌無罪遭

誅罷了督師又分付原以東江兵分四協一協用

副總兵毛承祿一協用旗敢徐敷奏一協用

遊擊劉興祚一協用副將陳繼盛分領東江事務

着陳繼盛暫晉署俟各協中有立功的卽將毛帥所

掌印題校東江兵士一千八百名各賞銀三兩其

餘在島兵卽將所帶銀十萬兩分四協給賞也各

三兩其毛姓家丁聽他復姓不必憂提分差各官

前往安撫各島軍民又分付毛帥尸首着他親人

自備上好棺木收斂督師自赴寧遠先其一簡本

是恭報島帥逆形昭著機不容失便宜正法董席

虆待罪仰聽 聖裁事疏陳他專恣不受經撫節

制欺 君章疏大逆不道侵盜糧餉開市私通外

夷襄越名器刼掠商人奸色謗讟滛草管民命不恤

遼民交結近待鐵山詭敗爲功坐視養寇共十二

罪奉

聖旨毛文龍懸居海上糜餉目功朝命頻違節制

不受近復糧兵進登索餉挾跋扈叵測且通夷

有迹猗角無資掣肘逾碍卿當同志協同聲罪正

法事關封疆安危閫外原不中制不必引罪一切

處置事宜遵照 勑諭仍聽相機行

又一本島帥伏法事奉

聖旨區畫東江善後事宜其見妥確島兵數餉無

多應否置帥着即與議覆毛姓兵丁。悉聽歸宗有

才可用的依舊委用、餘俱遵　諭行益市虎成于

三人毛帥連遭彈射又經督師一面之詞且爲已

破之醜。　聖上亦只如此若使縛送　闕下意欲

之謗可明即不然猶得如今日馬世龍楊國棟出

圖圉之中爲國滅賊當必有可觀。而或又曰雙島

隣東江亟殺之可絕衆望。不更生變夫既可殺獨

不可擒乎又不然矣。

自宋有不殺岳飛和不成之論今日亦多謂毛

師之殺督師中虜間、殺以快虜、且速欲之成。

吁督師亦有人心者、如是愚而恐乎但　延

臣曾有云、雙島非雲夢之遊、而迹已隣于偽

遊崇煥無救趙之舉、而推先加于晉鄙不無

疑于輕躁又　廷臣云文龍未死無牽制之

實有其名、今恐我未前而奴先來人將議其

後矣文龍未死無制奴之功有其任今恐我

前吁而奴後無應人將議其後矣今其事不

且如左劵、何能免議也哉。

第三十九回

後患除醜虜入冦　大安失群賢靖節

殺運逢時日屆、　封疆詘深計。

羽翼自凋殘。　益壯强胡勢。

近交爲遠攻、　豕虺發狂噬。

更復備禦疎、　輕兵入幽薊。

堅城碎頃刻。　將吏沙場斃。

血赤灤河水。　橫屍山可儣

裏裹士女徒、　淪落腥羶制

十呂釜　三十九回　一

十月書

虛糜宵旰憂。

羽書遍天下。

笑彼狂逞者。

獨遡禍之源。

誰令牽制人。

同室橫戈矛。

誤國竟何如。

着棋，有虛着作實着的，行兵有虛勢作實勢的，如

目今福建鄭之龍搶李魁琦，打聽外洋有紅夷他

白日重關開。

徵調盡精銳。

應競長繩縶。

怒起欲裂眥。

斷首窮虎際。

虜得乘其敝。

天誅想難貰。

不敢出洋因而發兵攻之紅夷原非為我來我却
借其勢成功此善用人者又如奴酋志無日不在
中國畢竟與虜酋結了親成了自己羽翼繞方入
寇我却一箇辣乎決留不得致起火禍六月中毛
帥死東江四協业限兵二萬七千開上給還又把
徐敷奏劉興祚兩協皆在關上東江所有不過萬
餘奴酋早巳知他不能做搗巢舉動了錦寧山海
有兵十餘萬又有趙率教祖天壽一千他邨要乘
虛窺伺劃鋪地方有喜峰大安各口可以入犯外

卜卜卜　三十九回　二

邊卻有屬夷賽蔺爲我掉探便卻子六月後差人

叅將金帛與他結親達虜貪德利懼他威也便

結了既結親卻死也爲他勾引他自大安各卜入

犯但是河西哨探是仔麼哨探救西虜是仔麼救

奴酋大舉由邊外狼哨探不知西虜也不報先是

十月廿五日秦代家人韃子朝浪伯彥來報奴蔺

七萬韃子謀在廿六日犯喜峯馬蘭大安口一帶

地方只見二十七日早果然韃兵無數從大安口

進先是宣武營叅將周鎮領兵扼守後邊叅將張

福安接應不一時被他殺得大敗兩箇將官也不

知下落了一支從龍井口來一箇遊擊玉純且著

迎敵也沒音信他已是逃回來了此時飛報至京

奴酋前鋒早已分三路入圍遵化石門驛驛丞慌

怕打點下程米麵潤肉迎接奴賊大喜復他原職

馮蘭路泰將張萬春率兵戰敗逃入城中韃賊圍

城索要只得同箇王秀才出迎王秀才奴酋與做

守備張萬春仍前職還差他旗牌李友武拿令箭

來將軍開招降人民守關拿送逃兵殺了一路軍

民衆并剃頭迎降。任他將要支吾漏敷財課。

人染腥羶氣。

寨無煙石儲。

荒城扃落日。

野戍壺丘壝。

初四日山海鎮守大總兵趙率教奉　青督領大

兵前來援應遵化約巳時將到遵化忽然奴酋

大兵來到大戰兩箇時辰不料奴兵衆多將趙總

兵兵圍繞得不通風趙總兵力戰而不能勾脫身

正戰時又被奴兵不備射中心口落馬而亡其餘

部下俱遭殺害。

聖主

錦州血戰著奇功

誰料天凶難自展。　英武有疑馬服同。

沙場熱血酒孤忠。

趙帥䀆敗城中更自震驚賊回得勝軍攻城初五

日架有軟梯等項攻城城中也放有砲石拒嚴打

死蘀賊二百多人都灵奸細在城放火守城的驚

懼顧家早為他把軟梯自城西地上城已陷了城

中巡撫王元雅自縊奴賊阿卜太遼自入城住札

巡撫衙門差官四出招降塘報及京　聖上早已

知道傳　旨催督師進關催催保定宣大䓁調發兵

十忠录　三十九問　四

59

着山西山東、河南各發兵三千調總兵侯世祿溥

桂來京防守。各省直督撫，各發兵入衛，又因召對

鼓舞極矣

陳言趄擢庶吉士劉之倫兵部右侍郎協理部事

希永申輔劑言車戰躍授都司，再加副總兵給銀

七萬。造車募兵禮部侍郎徐光啟萬曆中曾開府

惜無可用之人

練兵如今仍着他同編修李建方指授謀練副將

以下不用命者軍法從事又因本兵王尚書賊兵

入犯方畧不聞又失于偵探初時　聖問不知是

何處勝兵後邊遵化失守。兩月纔報。　聖上將來

下了獄勘問督師因　聖旨嚴催入關因缺餉上

本道乞給援兵一飽　聖旨既催戶部立發糧草

又發御前銀一萬兩差御史一員製買肉食并酒

給犒此時奴巳漸過薊浦總兵尤總兵巳都到

城下　聖賜蒲總兵鹽萊羊酒京城大備戰守之

具。每門分勳戚大臣把守後又差閣臣協守俟虜

平仍行撤去嚴處了幾箇守具不完的官一箇不

急濟河的官屬屢傳　旨督催獎賞各路進援將

士傳　諭軫恤百姓　三十九回　五

聖諭朕謂民為邦本本固邦寧凡我幾旬赤子皆

祖宗二百六十年來休養生息之餘屬者奴孽狂

逞聞我郊甸橫肆虔劉遼化一帶民人初遭誅降

旋被屠戮我民愚蒙被脅寃無一完朕痛悼傷惻

中夜不寧朕即日寸勷賊夷另行招撫存恤則在

爾京城百里或累代土著或商賈流寓朕實痛瘰

無時無刻不忓于懷者今督師袁崇煥精兵已至

畿外總兵官滿桂侯世祿尤世威張鴻功巡按解

經付郭之琮火器都司王邦政等先後援兵次第

民有不惻
然心動乎

鱗集賊人深入內地授首巳在茲時即咋有旨編

泒守眾民夫不得巳而後用亦為爾等身家所係

巳 勅所司明示曉諭嚴禁需索征討事後俱免

差役爾士庶商賈人等正宜一意安心各循生理

保固封疆共享太平毋聽狂徒訛言驚疑煽惑自

取罪戾或干法紀都察院便行五城御史大張榜

示諭慰通知有煽播訛言簧鼓眾聽乘機搶掠故

行倡亂者即便擒拿奏 蕭正法共有誤禮奸驛

脇誘㨿惑者許指名㨿實出首所首得實免首者

三十九回 六

本罪正陽崇文宣武三門，仍照常通行以日出啟，以日落下鍵入城者嚴查搜檢逃難民人各于附近州縣安插出城者除士紳家眷及商賈帶有貨物則仍准放行不許借端需索及權撅致斃其蘆溝一帶地方，着巡捕管官帶領人馬一支住扎專一緝捕盜賊疏通道路各使無虞民人安堵稱恒民固本至意特諭

命下臣民無不激勵思奮。

委宛周民隱　　照照父子情，

周恐

縱教頑木石　亦自礪忠貞

時赴京入援兵宣大保定等共六鎮　聖旨都差
官　着薊總兵與督師商定竒畧　勅督師統領
援兵兵將俱受節制又起用候勘問總兵馬世龍
為總兵御史吳阿衡為監軍管理巡協煮粥厰京
師貧民梟斬審實來城奸細大定賞罰格

賞格

有能擒斬大頭目一名顆者賞銀一百五十兩亦
願賞者陞二級　三十九回　七

外記果

有能擒斬頭目一名顆者賞銀二百兩不願賞者

陞二級。

有能擒斬強壯韃賊一名顆者賞銀五十兩不願

賞者陞一級、

有能擒斬幼小韃賊一名顆者賞銀三十兩不願

賞者陞原職半級。

有能擒斬降將張萬春等者賞例與擒斬次頭目

同。

罰格

將吏舉監生員人等迎賊受降者凌遲處死全家處斬。

文武將吏棄城逃走者斬妻孥流配，

征調官員逗遛觀望與避逃者斬。

差往偵探不實者細打一百二十棍因而悞事者斬。

征發調遣有司官遲悞應付，致悞軍機者斬

嚴明賞罰鼓舞作興文武莫不同心禦賊只是賊勢甚大所過屯堡非戰則降。一路攻掠剋破順義

三十九回　　八

玉田、三河、良鄉、涿州、昌安、香河等處地方，內中有
雖知兵力不敵，不敢貪生偷免，或亡身死節，或舉
家殉國，或遭賊殺，或是自盡的，有知縣任光裕党
還醇典史史諫，有是開散官亦以死報國的教官
安上達李廷茱敬驛丞楊其禮其餘固安劉知縣
城破懷印躲在死屍中偉存全家三十二口都遭
殺害玉田楊知縣城破遭賊將城中百姓盡剃頭
髮連他頭髮不存順義趙知縣被生員擁出投降
一路士庶迎以死継極其慘毒，朝延將兩箇知

縣贈光祿寺丞教官贈刑教典史畢丞關王簿

大慰忠魂。劉楊開知縣握闡趙鈕縣差旌袋縫金

大懲失事。

　　高爵酬忠士。　　　銀鐺遠罪臣。

　　政行無假貸。　　　誰不欲逃身。

蟲只因失邦牽制一着所以貽害于忠義之邑義

內之風所以臧

聖主也寶羣延臣之焦勞不可勝言矣邪防首趣

不是崔臂犯車輪直又思犯　關這震驚又自不

　　　　　　三十九回　　九

毛海軍奏疏謂關寧可守不可戰予謂不盡走

賢守局覆巢破虜固虛顧而五年滅賊亦空

言乃并攤牽制之師不得探虜之入犯而言

之何其踈乎倘非

皇王之礪精國事不知如何矣則今日屠城殺將。

　勤

聖王之寶飛震數　世之隳纕致在是之蠟蠟矣

有伍其罪者。

一奴隸耳，猶知結親為入犯之地乃中國必欲
除其牽制之人殊所不解。

三十九四

十

第四十回

督師頓喪前功　　島衆克承遺烈

巧術籠人淺謀誤國自誇奇特冤骨初沉

万勇凌空翼邪堪縣虜遷鉄騎過頭相遇

百二重關難把泥尤塞　五年滅賊一戰

平胡祇是成空憶捫心自問應也多慙色

往事誰爲鑄錯一死何逃溺職更束江飛

捷愈起一番凄惻

右調惜紅衣

四十回

公論日久自明，故有一時況埋後來漸臺一時快

意日後反誤國誤身雖曰報復循環天理必然還

也見人讒不減害人自害把自巳的尖著愈顯得

他人的有功使人見他的起手不見他收場正如

陳眉公說的神龍見首不見尾英雄不見結局今

人想他慕他悼他惜他却毛帥在東江或者宽竟

不能收牽制之功或者不能止奴酋入犯他未可

知到了奴酋入犯却以為功必以為舉節殺之也

沒人為他解不料海上之血未乾奴酋之兵巳到。

巳見關寧之備禦是假東江之牽制是真况且袁兵在先奴兵在後這樣看來都不是禦他是簡華他不如毛師所招降的劉愛塔都能領毛師所遺一協兵砍死韃兵六七百力戰陣亡毛承祿陳繼盛又能領毛師所存二協兵搗巢立功遣賢否足見了當日督師領兵入援十一月十三奴兵到薊州後邁入犯督師在二十日到高米店札管差祖總兵哨探韃賊覆有韃賊厹甲一副進呈奉吉屯兵德勝門外火教場札管師制入援兵為遺

四十回　二

但韃兵已到。直抵安定德勝兩門滿總兵不令他
近城關管領兵衝鋒砍殺大放火罷把韃兵打傷。
不計其數火砲聲繞息韃兵又到飛馬前來滿總
兵也飛馬持刀抵敵左腿左膊上都中了一箭死
不肯退恰祖總兵來砍殺城上火砲與滿總兵火
砲又發把韃兵殺得直退屯南海子盧溝橋等處。
這戰滿總兵被傷。祖總兵陣歿了一子。聖上驚
滿總兵迎入甕城。賜他熱食。調養祖總兵兒子
准與贈廕。

平胡意氣雄

戰血漬袍紅。

功高應　聖眷。　推食著恩隆。

轄兵隨分兵一支回薊州餘兵仍離京城五七里

下寨兩邊時時相殺各有殺傷到十二月援兵大

聚虜兵漸散屯各縣初六日　聖上召對袁督師

滿總兵一千督師自揣先時海口說了五年滅奴

五年雖不曾到卻不曾滅得反致他犯闕倘

聖上責問如何支對況且一路縱兵擄掠不行約

敵物議沸騰恐遭處置將來召金王兩箇太監留

誰爲爲之

四十四

三

在自己屯札的俞公祠內，方繞進城，又着祖總兵屯兵三千在城門邊入見。及到平臺，聖上歡然相接拜謁時親手扶他。賜他蟒衣一襲玉帶一仍封他東安侯。賜坐獎賞他能督兵阻役慰勞他軍旅辛苦，賜銀四萬兩與他克賞督師再王辭了封疾其餘各總兵，聖上都慰勞獎賞各自出城道時城中人無不怨恨督師道他通虜有識的又道他枉殺毛帥以致奴虜入冦各官也有道聖上禮遇太隆的也有道他這樣失機壞事

聖上還誤道他是簡好人。有道虜方逼京　聖上

權使過以收後効　有道他屯有蘇馬　聖上也段

奈何容他不知　聖上如神之智自有妙用人都

不能測本日督師回管他見　聖恩隆重知無難

爲他意卽護送兩內監回城一邊着人關領賞銀。

且題本討馬。　聖上着他在內廄擇選初七月他

就輕身進來絕不顧慮不期行到東華門却見傳

有

御札袁崇煥自任滅奴今奴直犯　都城震驚

四十回

四

宗社夫關寧兵將乃朕竭天下財力培養訓成，關

門遠來入援立志殺賊崇煥郤不能布置方略退

儒自保以致賊擒掠百姓殘傷言之不勝悼恨令

將崇煥革了職拿禁、

內監傳出錦衣衛就遵旨捉拿將來剝去冠帶

拿送北鎮撫司這是天子風霆之斷令人莫測

督師這時也是疾雷不及掩耳只得束手就獄郤

也是自作之辜免不得帶索披枷但不是毛師身

首異處

國倚長城重　謀無借著奇

麒麟圖渺矣　狂猾且棲遲

此時督師不能離關他在東首未縛親之先絶他

入犯之路又不能發東江阻他入犯之心更不能

貪屬夷逐他于邊外更不能會各鎮擊他于邊內

被虜拆去大安馬蘭龍井三箇口子既可出入無

忌又破一箇遵化雄鎭各小縣有地可屯有糧可

食擄了這干叛將叛民東攻西掠極潰之勢　　聖

旨礪精戒虜就用滿桂督領他關亭兵馬與薊天

壽黑寧龍督率將十同心效賊各歸援兵俱屠擄

賴勿會同馬世龍施弘謨等設商遶增大創賊兇

一切相機以便宜行各將遶蒙　聖論其不盡力

防守不料滿帥奉　命守城見城下有乘八轎黃

韓黃傘的知是阿卜太竟單騎前往是護斬迎商

將及阿卜太被亂箭射徂不得進前十八日題本

出師大戰苦因賊衆滿帥是頁傷的他又奮身當

先竟至戰歿。

暴瘟轉鬥欲吞胡。　　報　王寧揀一命徂

血戰已肯奴膽落。　穢兵不敢近皇都。

至二十三日申副將戰車成也出兵到蘆溝橋夜

襲韃賊深入賊營亦爲殺害

既援蒙恩重。　　才奇視虜輕。

惟來時不遇。　　屍積石檔平。

奴兵因

聖上鼓舞瀟帥苦戰申輔夜襲又布置

詳審各要害地方通州楊總兵肇基鎭守天津楊

總兵國棟鎭守經畧用梁尚書延棟馬總兵世龍、

劉協理又出兵圖復遵化戰圖尬歸退往東行正、

于心集　　四十回、　六

駕馭得宜

月初四日襲取永平地方有一千無恥鄉紳秀才

又去迎降喜得祖總兵天壽先因袁督師被拿怕

有連及回兵山海關　聖上傳諭慰安消他疑慮

使他竭力他督兵扼斷關口　聖上又移孫內閣

往鎮截住奴兵分攻撫寧被署縣通判姚九華堅

守攻昌黎被知縣左應選拒敵初八日砲石逐去

招降永平従逸秀才陳釣敏十一十二十三日打

死攻城賊無數斬他招降人李應芳打死綠袍金

盔酋長一箇又經孫督理發兵分投迎敵斬首千

餘級不得東行剗鎮劉總督又差剗將金日觀領

兵殺死叛將振萬春棟住馬蘭大安等口又不能

芘歸虜勢漸衰獨有協理劉侍郎輕兵深入恢復

邊化不意奴賊自承平分兵來救大戰前軍敗死

侍郎在娘娘廟結營爲他圍住侍郎罵賊不屈頭

中一箭身傷兩刀而死。

金馬深沉足養高，　　　忠君豈肯歷宦分曹

請纓未遂平奴志，　　　熱血猶腥宮錦袍

却終久禁不得　聖上留心邊務獎賞的極其豐

四十回　　七

貴今日催發軍資明日着發犒賞罷糴糧事重委

欽乏獎勵急援文武提拿怠于勤王失悞軍機將

吏如劾遼劉總督張總兵為失事山西耿巡撫張

總兵為援兵潰散都擬了辟援兵不敢稽遲死事

劉恊理滿孫趙三總兵俱　贈蔭廖襲建祠其餘

將官小吏都厚行棺殮　贈襲屍棺家小有給勤

合與他回郷的又因順天府尹不行瘞埋戰士屍

骸禮部覆恤稽遲嚴青責間那一箇忠臣不奮

降賊官吏即行處決并處逃竄官將毫不假借那

86

二簡懦夫不懼所以關寧祖總兵與左知縣正月
二十七日在昌黎燕河等處先後斬獲八千餘級。
馬總兵二月初七在洪橋大捷斬獲五十餘級祖
總兵二月十一日石槽兒村斬級二十三級尤總
兵豐潤斬賊十二月楊總兵三月初三屯鎮
斬級二百祖總兵素代斬級一百四十三級紅幡
一捷奴兵不敢西入素代一捷奴兵不敢東歸系
內閣又見遼兵到處多捷毛帥原招降惧東江兵
副將劉興祚恢復建昌一戰斬賊級五百八十餘

級人雖陣亾其兵埜用恰兵部咨文議調東兵駐
松錦里或天津孫內閣與關外參道議道江東原
牽制之師于搗巢極便今春氷方生丹行極利奴
兵楊掠輜重盡歸巢穴正宜大張聲勢以牽虜歸
巢卽行文東江副總兵陳繼盛相機前進此時各
巢路徑毛帥平日緝探甚詳各島軍兵毛帥調練
有素各將又莫不欣然願完毛帥不了之心完毛
帥未完之局盡皆分道前往

陣結先時制　　　　　人承風昔心。

橫戈建州路　　飛挺嗣遺音

聖言憫惜東兵又道各島覊兔可憫著東江飼司
自牲料理到三月初六日祖總兵探官賀天喜塘
報東江之帥已盡搗奴巢斬獲奴賊首級不計其
數死諸蔓還能走生仲達若使不匹或者絕奴南
牧亦未可料也今
聖上聖神文武礪精滅奴而內外文武之臣咸懷
忠良豈止薄伐獫狁至于大原僅僅驅他出境遠

要繼　　四十司　　七

太祖　成祖前烈。播穴犁庭蕭清逆虜也說甚牽

制之功。但牽制之功。至今義難洩了。

莫爲忠臣嘆不平。　拜忠祗欲見時清

平胡羞畢生前志。　殉國何知身後名。

公論益棺應可定。　丹忱歴久自能明。

還嗟彩筆爲多事。　黜染圖傳不朽聲。

譜督師就逮以懷忠蒙謗是世俗報復之見及

東江鵲巢之事以杆忠志真得泉下之心而

東江真有結局矣

遼事垂成而敗者四四路極將之宿兵之銳而

敗于迁遼藩已有可固之勢而敗于脱廣寧

敗于不和而東江又踣之意者生民應有此

塗炭天地以此著群忠之節乎然而傷元氣

而焦

聖主者至矣

ㄴ長

四十四

十

遼海丹忠錄　卷八

『古本小說集成』72, 上海古籍出版社, 1990.

여기서부터 영인본을 인쇄한 부분입니다. 이 부분부터 보시기 바랍니다.

역자후기

　《형세언(型世言)》의 저자 육인룡(陸人龍)이 1630년에 쓴《요해단충록
(遼海丹忠錄)》은 청나라의 금서였던 것으로 8권 40회나 되는 대작이다.
이 문헌은 중국과 한국에는 전하지 않고 일본 내각문고에 전하는 것으
로, 1989년 중국 묘장(苗壯) 교수가 발굴하여 교점본을 발간함으로써
학계에 알려졌다.

　17세기를 전후하여 조선과 명나라의 역학관계에 있어서 모문룡(毛
文龍, 1576~1629)은 굉장히 중요한 인물이다. 이 인물에 대해 조선에서
는 상당히 부정적인 평가가 주를 이루어졌어도, 중국에서는 특히 거
의 동시대에 어떻게 평가받았는지 살펴볼 수 있는 자료가 바로 앞서
소개한《요해단충록》이라서 읽어보고 싶었다. 육인룡이 명청 교체기
에 있어서 모문룡과 원숭환을 중심으로 당대의 인물을 평가한 것이라
서 더욱 그러하였다.

　원숭환에 대해 사실상 명나라의 국운을 결정지은 사르후 전투 이후
파죽지세로 산해관을 넘으려는 후금군을 영원성에서 패퇴시키고 이
전투에서 부상을 입은 누루하치를 죽게 만든 용장으로 그리면서도,
후금의 골칫거리였던 가도(椵島)의 모문룡을 제거해 적을 이롭게 한데
다 5년 내에 북방을 수복하겠다는 천자와의 약속을 지키지 못했다는
점을 부각시켰으니, 악비(岳飛) 이래 최고의 명장 충신으로 숭앙하는
시각과는 다르다 하겠다.

　또한 모문룡에 대해서는 명나라가 위태로운 상황에서 황명을 받들

어 후금에 의해 함락된 땅을 수복하려고 해상을 경영해 중요한 무력 발판을 마련한 것을 부각시키고 있다. 조선에서는 그를 두고 온갖 작폐를 저지른 인물로 평가한 시각과는 상반된 것이지만, 모문룡이라는 영웅을 죽일 수밖에 없었던 동림당과 환관들의 엄당 사이의 당쟁과 그에 비롯된 격렬한 복수에 따른 명나라 조정의 부패에 대한 비판이 자리 잡고 있다 하겠다.

모문룡의 일생을 다루면서 1589년부터 1630년 봄에 이르기까지 후금의 흥기에 따른 사르후 전투, 광녕의 함락, 영원과 금주의 전투, 그리고 명나라 말기 군정(軍政)의 부패, 변화무쌍한 세태 등이 그려져 있어 우리의 17세기 민족수난기를 이해하는데 필요한 문헌이라 하겠다. 그러나 이 문헌은 대작인데다 백화문과 고문이 뒤섞여 있고, 후금과 관련된 인명, 지명, 칭호 등이 음차(音借)되어 있어 전문 연구자이든 일반 독자이든 접근하기가 용이하지 않았다.

그렇지만 이미 청태조 누르하치의 외할아버지 왕고(王杲)와 관련된 문헌을 번역한 바가 있었던 데다, 특히 17세기 민족수난기의 실기문학(문헌)에 대한 관심을 가진 나로서 번역하려는 도전을 하지 않을 수 없었다. 그 긴 여정을 무사히 마칠 수 있었던 것은 제자 이영삼 박사의 도움이 컸다. 긴 여정 동안 제자와 함께한 즐거움은 오래도록 기억될 것이다. 번역문의 초고를 끝까지 읽어준 성실함에 대해 이 지면을 빌어 치하하는 바이다.

역주자 신해진(申海鎭)

　　경북 의성 출생
　　고려대학교 국어국문학과 및 동대학원 석·박사과정 졸업(문학박사)
　　전남대학교 제23회 용봉학술상(2019)
　　현재 전남대학교 인문대학 국어국문학과 교수
　　BK21플러스 지역어 기반 문화가치 창출 인재양성 사업단장

　　저역서 『요해단충록(1)~(7)』(보고사, 2019)
　　『무요부초건주이추왕고소략』(역락, 2018)
　　『건주기정도기』(보고사, 2017)
　　『심양왕환일기』(보고사, 2014)
　　『심양사행일기』(보고사, 2013)
　　이외 다수의 저역서와 논문

요해단충록 8 遼海丹忠錄 卷八

2020년 3월 31일 초판 1쇄 펴냄

지은이 육인룡
역주자 신해진
펴낸이 김흥국
펴낸곳 도서출판 보고사

책임편집 이경민
표지디자인 손정자

등록 1990년 12월 13일 제6-0429호
주소 경기도 파주시 회동길 337-15 보고사 2층
전화 031-955-9797(대표)
　　　02-922-5120~1(편집), 02-922-2246(영업)
팩스 02-922-6990
메일 kanapub3@naver.com/bogosabooks@naver.com
http://www.bogosabooks.co.kr

ISBN 979-11-5516-154-8 94810
　　　979-11-5516-861-5 (set)
ⓒ 신해진, 2020

정가 18,000원